AF363272

L'Esprit de l'Amour
ANA ROMEO

ISBN : 978-2-9577988-7-2

Autoédité.

© 2021 – Ana Romeo

Tous droits réservés.

Contact : anaromeo.auteur@gmail.com

Dépôt légal : novembre 2021

Couverture : © Pretty in Ink Creations

Imprimé par : Amazon – KDP

Le Code de la propriété intellectuelle interdit, aux termes des alinéas 2 et 3 de l'article L. 122-5, les copies ou reproductions destinées à une utilisation collective. Toute représentation ou reproduction intégrale ou partielle faite par quelque procédé que ce soit, sans le consentement de l'auteur ou de ses ayants droit, est illicite (alinéa 1er de l'article L. 122-4) et constitue une contrefaçon sanctionnée par les articles L.335-2 et suivants du Code de la propriété intellectuelle, ainsi que par les articles 425 et suivants du Code pénal.

AVERTISSEMENT

Cet ouvrage est inspiré du concept des esprits de Noël présent dans le conte de Charles Dickens *Un chant de Noël* (1843).

De plus, des sujets sensibles sont abordés, comme le deuil et la perte d'êtres chers.

Prudence est de mise.

Prenez soin de vous.

À tous ceux qui croient en l'esprit de Noël, et à ceux qui aimeraient y croire.

Ne prenez personne pour acquis,
tenez tous ceux que vous aimez près de votre cœur
car vous vous réveillerez peut-être un matin
pour réaliser que vous avez perdu un diamant
pendant que vous étiez trop occupé à collecter des pierres.

— Nathalie Vanbever

PROLOGUE

Adrien

Voici le point final. J'aimerais dire les points de suspension puisque rien n'est encore déterminé, mais l'espoir s'éteint.

Quand les choses ont-elles dégénéré à ce point ? Il est toute ma vie. Je lui ai offert mon être, mon âme, bien avant notre mariage. Et me voilà à contempler notre fin.

Pas que je pourrais récupérer ces parties de moi qui lui appartiennent, elles sont à lui pour l'éternité. Mais peut-être arriverais-je à sauver ce bout de moi qui s'accroche à la vie, qui voit encore les gens heureux autour de lui et se dit que le malheur n'est possiblement pas une fatalité. Après tout, je viens d'avoir une nouvelle incroyable pour mon futur que je n'aurais jamais espérée.

Et il ne le sait même pas.

Sommes-nous finis depuis longtemps ? Est-ce que je me raccroche à des toiles d'araignée éphémères et non plus à ses doigts forts ? Depuis quand ? Et pourquoi est-ce que je n'arrive pas à lui parler ?

Cela rendrait sans doute la situation bien plus réelle. Plus déterminée. Une décision devrait être prise. Impossible si je saute le pas de faire semblant que rien ne se passe, ne s'est passé. Impossible de continuer à se voiler la face, tant pour lui comme pour moi.

Car il y a-t-il une solution ? Il tient plus que tout à sa carrière et tant qu'il la mettra au premier plan de cette façon il ne sera pas mien.

Comment trouver l'équilibre ? Je ne veux pas être le fardeau, le rabat-joie, celui qui l'empêche de poursuivre ses rêves. Mais jusqu'où ira-t-il ? Quand va-t-il s'arrêter ? Les rêves ont la fâcheuse tendance à grossir chaque fois qu'on aperçoit la ligne d'arrivée, qu'on pense en avoir fait le tour.

Je suis donc condamné à passer après, encore et encore.

Je le sais. Je le *sais*.

Mais je ne ferai rien. Pas pour l'instant. Pas tant que je pourrai tenir.

Quelque chose en moi espère que cette dernière partie de mon cœur qu'il me reste saura m'ordonner de fuir avant qu'il ne soit trop tard.

Ne le voit-il pas dans mes yeux ?

Comment pourrait-il ? C'est à peine s'il me regarde.

Ne sent-il pas mon toucher refroidir ? Ne lit-il pas la supplique sur mes traits lorsque je détaille chaque recoin de son corps qu'il me refuse depuis des mois ?

Ne le perçoit-il pas dans chaque point d'interrogation dans mes messages ? Derrière les points de suspension ? N'entend-il pas les questions sous-jacentes ? *M'aimes-tu encore ? Comme au premier jour ? M'aimeras-tu demain ? Quand ton cœur a-t-il cessé de battre la chamade à chaque effleurement ? À chaque coup d'œil où nos regards se rencontraient par hasard, parce que je suis incapable de détourner les yeux de toi lorsque nous sommes dans la même pièce et que c'est pareil pour toi ? Quand cela a-t-il cessé d'être pareil pour toi, mon amour ?*

Est-ce que j'en demande trop ? Les couples sont-ils tous destinés à traverser des chemins difficiles qui mènent la plupart du temps à des impasses ?

Mon amour, sommes-nous toujours à temps d'opérer un demi-tour ? Et reprendre la bonne route, celle qui mène au plus beau des paysages, celui sans fin de l'infini ?

Un « pour toujours » murmuré au creux de mon oreille, voilà la réponse que je rêve d'entendre de tes lèvres douces comme le miel. Car même si cela fait des semaines que je n'y ai pas goûté, il m'est impossible d'oublier leur saveur. Celle du chocolat avalé par pur mépris lors de notre première rencontre, celle salée de notre excitation lors de notre première fois ensemble, celle du champagne lors de notre nuit de noces, de la bière après le travail.

J'aimerais que tu me dises que la question ne se pose pas, que je suis bête et que jamais tu n'oublieras ces mêmes goûts sur mes lèvres, les promesses que nous nous sommes faites et la beauté de notre amour. Surtout, je souhaiterais t'entendre m'assurer que laideur n'est pas synonyme de fin. Qu'ensemble, nous récolterons tout ce qui peut être sauvé et en ferons quelque chose de bien plus gros, plus fort, plus solide qui nous accompagnera et que nous nourrirons jusqu'à la fin. Pas la fin de « nous », mais la fin de cette vie, lorsque la mort nous séparera momentanément. Car nos âmes, bien plus que sœurs mais jumelles, siamoises, se retrouveront toujours, même dans les limbes, même dans le néant. Et qui sait, peut-être revivront-elles des milliers de vies dans des centaines de dimensions pendant des millénaires, et tout le monde pourra voir à quel point nous sommes faits bien plus que l'un pour l'autre, mais l'un de l'autre.

J'écris tout cela, mais tu sais, un simple « je t'aime » me suffirait.

JOUR 1

22 décembre

Les lumières multicolores des façades voisines projettent leurs reflets sur les trottoirs rendus glissants par le gel de fin de journée. Des restes de sel jauni s'accumulent aux limites des propriétés en attendant d'être nettoyés puis remplacés à l'aurore.

À peine un pied hors de la voiture que je rêve déjà de retrouver son habitacle chauffé. Ce, malgré le costume en laine épaisse qui m'a coûté une fortune.

Les bras chargés de dossiers posés en équilibre précaire sur des livres épais, je tente tant bien que mal de garder la bretelle du sac contenant mon ordinateur portable hors de prix sur mon épaule tout en libérant une main pour piocher mon trousseau de clés dans la poche de mon pantalon. J'ignore mon manteau qui glisse jusqu'à mon poignet où il accroche la montre en argent, et ouvre la boîte aux lettres d'un geste sec.

Le nuage de mon expiration persiste de longues secondes dans l'air glacial avant de disparaître.

Encore un avis de passage d'un coursier.

Trois ans que nous vivons dans cette maison et il n'a toujours pas terminé d'installer la nouvelle sonnette. Bien utile d'avoir un électricien sous votre toit s'il ne s'occupe même pas de son propre logement.

Je prends une longue inspiration pour tenter de calmer les hardes de fourmis qui parcourent ma peau et manque de m'étouffer lorsque mes poumons menacent de geler.

— Patron, vous êtes là ?

— Oui, Sarah, dites-moi, je réponds à la voix doucereuse dans l'écouteur sans fil.

— Le dossier de Hong Kong commence à presser. Notre contact est de plus en plus insistant. Si cela continue et que la proposition ne leur convient toujours pas, nous devrions peut-être songer à nous rendre sur place.

Pas ça.

Je retiens un soupir, m'immobilise quelques secondes près de la porte pour coller mon front bouillant contre la pierre fraîche de la façade. Autour de moi, le clapotis des pneus sur la neige fondue me rappelle le trajet détestable que je viens de vivre sous ces conditions, malgré l'heure de pointe passée depuis longtemps.

— S'il le faut, je m'y rendrai. Cependant, je suis persuadé que cette fois ils n'auront rien à redire.

— Je ne suis pas certaine que cela puisse attendre l'année prochaine, Mathias. Notre entreprise est encore jeune, et les concurrents ne manquent pas…

Mon *entreprise.*

— Ceux de notre standing si, je rétorque d'un ton plus dur que nécessaire.

Je ne peux pas passer les fêtes loin de la maison. Ce serait trop… dangereux.

— Patron, eux-mêmes nous ont dit que–

— Nous parlerons demain, Sarah. Reposez-vous, maintenant. Je vais tâcher de faire de même.

Dans quelques heures, peut-être.

Lorsque je pousse enfin la porte d'une épaule, une odeur concentrée de cannelle m'agresse les narines.

Cette fois, je ne peux retenir mon éternuement.

Tout comme la boule d'inconfort qui pèse sur mon estomac.

— Sérieusement, Adrien ? je gronde. Au lieu de noyer notre maison sous un bain étouffant d'épices, tu aurais pu passer ton jour de congé de façon utile et réparer cette fichue sonnette !

Je laisse tomber les affaires dans mes bras sur la table à manger recouverte d'une nappe écarlate aux accents scintillants que je suis incapable de me souvenir avoir déjà vue.

— J'ai d'autres choses en tête en ce moment que des tâches qui prennent cinq minutes à tout casser mais qui impliquent de couper l'électricité alors qu'il fait dix degrés négatifs dehors.

Le reproche à peine voilé dans sa voix nourrit une herbe épineuse qui grandit en moi depuis des mois.

— Tu dois en avoir depuis longtemps dans ce cas, des choses en tête.

Enfin, il se tourne vers moi de là où il se trouve dans notre cuisine ouverte. Je sens mon front se plisser. Normalement, il ne cuisine que le dimanche.

Ses cheveux couleur coucher de soleil d'automne étincellent sous les lumières artificielles chaudes. Ses yeux brillent d'émotion à fleur de peau. Pourtant, il garde le silence.

Je déglutis.

— Ne fais pas comme si ça datait d'hier, j'insiste malgré tout. Elle était déjà comme ça durant l'été !

Comme à l'accoutumée, je me réfugie derrière la colère.

Adrien, lui, reste calme en apparence, dos droit et expression neutre. Sa façade est uniquement trahie par la tonalité aiguë de ses mots qui traduit un certain mépris et ne fait que m'irriter davantage.

— Oh, tu veux dire pendant qu'on voguait sur une croisière en méditerranée ?

Je décide de ne rien répondre à mon tour face à l'agitation dans mes veines.

Lorsque je tourne le dos pour aller me changer, je perçois du coin de l'œil Adrien baisser la tête puis la secouer avant de retourner aux fourneaux.

Je serre les dents jusqu'à en avoir mal aux mâchoires pour chasser cette sensation désagréable dans ma poitrine.

Nouveau jour, même rengaine.

Je reste de longues minutes sous la douche à laisser l'eau chaude détendre mes muscles crispés, imaginant la tension glisser sur ma peau. Tout du long, j'essaie de ne pas penser à la proposition pour les clients potentiels de Hong Kong et ce que cela pourrait représenter pour l'entreprise, tant dans un sens que dans l'autre.

À la place, c'est l'image d'Adrien qui envahit mes pensées, et pas pour les bonnes raisons.

Je quitte la salle de bain drainé de la dernière parcelle d'énergie que je possédais avant d'y pénétrer. Dans le couloir, un cliquetis attire mon regard vers le salon. Les mèches orangées d'Adrien sont clairement visibles contre le cuir foncé du canapé où nous avons dîné en silence, comme à notre habitude.

À pas feutrés sans trop savoir pourquoi, je m'approche dans son dos recouvert de l'une de ces chemises de bûcheron qu'il affectionne particulièrement et mettent en valeur ses épaules larges.

L'odeur de cannelle n'est plus aussi forte désormais. Mes sens ont dû s'y habituer. Seuls des effluves enivrants flottent dans l'air, signe d'une occasion particulière, de l'approche de cette période de l'année qui a eu tant de signification pour nous par le passé.

— Tu travailles ? je demande lorsque je le vois attelé à taper à toute vitesse sur les touches du clavier.

Adrien acquiesce dans un murmure sans me prêter davantage d'attention.

— Je ne vais pas te déranger, dans ce cas.

Il cesse instantanément ce qu'il était en train de faire et jette un bras par-dessus le dossier du canapé vers moi, comme pour m'attraper sans pour autant me toucher. Son regard clair plonge dans le mien pour ce qui semble être la première fois depuis des jours.

— Si, viens.

Sa voix est basse, comme pour ne pas briser le moment. Son visage garde cependant ce masque de neutralité.

Je hoche la tête, ne souhaitant que me retrouver contre lui.

Même juste près de lui me suffirait.

— Je prends mon PC, dans ce cas.

Sa bouche s'entrouvre comme pour ajouter quelque chose, puis se referme aussitôt. D'un geste du menton ajouté à son sourire tordu caractéristique, il m'encourage à me dépêcher.

Nous ne parlerons pas de la question de la sonnette de la soirée. Cependant, le sujet reviendra un autre jour, peut-être même demain. Et lorsqu'elle sera enfin réparée, ce sera un autre qui prendra sa place, puis un nouveau.

Si nous parvenons jusque-là.

NUIT 1

Passé

Le froid s'infiltre en moi par vagues jusqu'à faire claquer mes dents que je serre de toutes mes forces. Il agrippe chaque parcelle de ma chair de ses griffes acérées, m'écorche de l'intérieur. Dans le même temps, le vent caresse ma nuque telle une main insistante qui maintiendrait mon regard vers l'avant. Épaules au niveau des oreilles, comme pris dans un bloc de glace, je cligne des paupières afin de mieux distinguer le lieu où je me trouve.

Une grande fenêtre divisée en des dizaines de carreaux flotte devant moi, comme si les murs de la maison sur laquelle j'ai vue étaient transparents. De l'autre côté, toute la pièce est teintée de nuances de bleu. Ses bords d'un noir profond se fondent dans le reste de la scène pour créer une impression d'infini. Le silence assourdissant rappelle celui de l'espace.

Au centre de l'image, un petit garçon brun joue tête basse avec une voiturette télécommandée. Il la regarde à peine, sourcils froncés jusqu'à former de profondes rides qui n'ont rien à faire sur un visage si juvénile.

Peut-être pour ça que j'ai commencé à en avoir des permanentes si tôt.

Une poigne irascible contraint ma gorge. Je me mords la lèvre avec autant de force que lui le fait.

Pourquoi ce souvenir revient-il maintenant ?

Le pire de mes Noëls, sans aucun doute.

Des pas se font entendre dans les escaliers. Bientôt…

Non. Non, pas ça, pas lui, je ne peux pas…

Incapable de me débattre, j'assiste impuissant aux réminiscences du passé.

— Mat, bonhomme, on va y aller, d'accord ? Elle… Il est déjà tard, maman nous rejoindra peut-être là-bas.

Un homme parfaitement rasé dans le début de la trentaine s'avance dans le salon jusqu'à s'agenouiller au sol devant le petit garçon assis sur le tapis moelleux. Je suis persuadé de sentir la douceur de ce dernier, me rappelle parfaitement les siestes faites sur lui à le caresser, ignorant les avertissements de papa et me réveillant en éternuant chaque fois.

J'ai le souffle coupé, une prière au bord des lèvres.

L'enfant hoche la tête et se lève. Son père l'aide à replacer sa chemise bien comme il faut. Maman lui avait acheté de ces petites cravates avec un élastique, mais elle était trop serrée et l'empêchait de respirer.

Soudain, la scène change en un mouvement confus qui me fait retenir un haut-le-cœur. Lorsque j'ouvre à nouveau les yeux, nous nous trouvons chez mes grands-parents paternels. La soirée défile, les regards surpris en nous voyant arriver à deux qui se transforment vite en expressions d'irritation puis de compréhension et de pitié, les silences gênants, l'avalanche de cadeaux de la part de tout le monde pour tenter de compenser, la photo de famille où il manque un membre…

Je peine à détourner mon attention de ce petit garçon. Et je me demande… Je me demande honnêtement comment personne ne voit à quel point il est malheureux avec une telle expression terne sur son visage. Ce n'est pas à ça qu'est censé ressembler un enfant. Des rires doivent s'échapper en permanence de leurs bouches grandes ouvertes, leurs mouvements doivent être amples et pleins d'énergie débordante, leurs doigts curieux chercher à agripper chaque objet pour en appréhender forme, fonction, et même goût.

Même si je ne comprends pas ce qu'il se passe, pourquoi je revis ce moment, une flamme ardente commence à prendre le pas sur la glace sous ma peau. J'ai mal pour ce garçon, hais les adultes autour de lui qui ne savent que faire semblant, garder les apparences à tout prix, faire comme si tout allait bien alors que non, bon sang ! Une mère ne devrait pas laisser sa famille à Noël pour aller fêter avec ses « copines ».

Tu parles, au sourire tendu de mon père et aux coups d'œil jetés par le restant des membres dans sa direction, je devine qu'il se doutait déjà à l'époque d'où et avec qui elle passait son temps lorsqu'elle n'était pas avec nous.

Je me souviens qu'avant de partir je voulais quitter cette grande maison vide où l'ambiance alternait entre invivable par les cris et engueulades entre eux, et pesante lorsqu'ils cessaient par une porte claquée signifiant le départ de maman. En revanche, plus la soirée avançait chez mes grands-parents, et plus j'avais du mal à supporter les faux sourires de papa, pires encore que ceux qu'il m'adressait pour me prévenir que maman ne dînerait pas avec nous ce soir-là encore, que j'allais une nouvelle fois devoir attendre chez Adam après les cours que papa sorte du boulot pour aller me chercher parce que maman était « occupée » et ne pouvait pas le faire alors qu'elle était censée travailler en freelance depuis la maison et donc gérer ses horaires à sa guise.

L'émotion commence à dérégler mon corps. Je ne sais plus si j'ai froid ou chaud, si je veux cracher à mes pieds tout mon mépris pour cette femme ou m'écrouler en pleurs au sol pour ce garçon que j'ai été et l'homme insécure que je suis devenu.

Je n'ai le temps de me décider que la scène change à nouveau, me retournant l'estomac. Mes pieds ne semblent pas toucher un quelconque sol lorsque j'y amène mon regard. Je me trouve dans ce que je ne peux décrire que comme le néant. Paradoxalement, seule la fenêtre devant moi et ce qui se déroule au-delà semble réel.

De nouveau à la maison, le petit garçon refuse de lâcher son père lorsqu'il tente de se lever après l'avoir bordé. L'enfant ne dit rien, mais papa comprend.

Je me demande quand a été la dernière fois que quelqu'un l'a pris dans ses bras. Sans doute ma mère ne le faisait plus depuis des mois, voire des années, et connaissant mes grands-parents, ils se contentaient d'une tape sur l'épaule ou dans le dos, d'un baiser sur la joue et d'un « bon courage ».

Je crois qu'il en avait besoin autant que moi.

Je jurerais qu'une larme chaude a frappé ma joue, mais il l'a caressée bien trop vite pour que j'en sois sûr.

Il ne m'a jamais autant manqué qu'à cet instant.

— Je suis désolé, mon fils.

Malgré le développement fulgurant de la maladie entre le diagnostic et sa mort, nous avons pu nous dire au revoir aussi « bien » que possible. Il ne me doit pas d'excuses. La seule personne pour qui c'est le cas c'est elle, et même si elle descendait de ses grands chevaux pour le faire, je n'en voudrais pas.

Personne ne sait à quel point il a souffert de sa trahison qui a duré je ne sais combien de temps. À quel point il a enduré pour moi, dont le regard des autres et sans doute le sien sur lui-même. Aussi, le doute dans chaque chose qu'il faisait pour son fils, les heures supplémentaires et les petits boulots pour m'offrir l'éducation qui m'a amené là où je suis aujourd'hui, la force qu'il a mise dans mes rêves et l'amour qu'il m'a donné pour deux, le choc devant mon coming-out et les rencontres auxquelles il a participé dans une association pour dépasser sa peur de dire quelque chose de mal.

Mon cœur cesse de battre. C'est la seule explication pour la sensation de suffocation qui s'empare de moi. Les sanglots s'emmêlent dans ma gorge, je me retrouve tel un enfant qui ne sait que faire de ses émotions, donner sens à ce qu'il ressent. C'est trop, un trop-plein et un sac de nœuds dans ma tête et…

— Mat, regarde-moi.

Sa voix forte m'interpelle, bien différente de celle de ses derniers jours à l'hôpital, où il suppliait qu'on le laisse rentrer mais ma peur qu'il ait mal m'a empêché d'exaucer son dernier vœu. Par égoïsme. Parce que *je* ne voulais pas le voir souffrir davantage. Pour une fois que je pouvais faire quelque chose contre, comment pouvait-il me demander de consciemment laisser faire ?

Il est là.

Ce n'est pas possible.

C'est lui. C'est bien lui.

— Je te pardonne, poursuit-il. Je me pensais fort, mais la douleur reste la douleur, et elle n'est jamais agréable. Je comprends pourquoi tu ne l'as pas fait, et t'en remercie.

— Papa… ne dis pas ça.

Ma voix est à peine plus d'un souffle. Le bloc de glace autour de moi se désagrège et j'ose enfin regarder dans sa direction, pas vers l'homme qui serre son petit garçon dans ses bras, mais celui qui se tient près de moi, hors du cadre du souvenir, et qui s'adresse directement à moi. Ses yeux clairs me sourient malgré l'émotion et je ne peux me contrôler.

Je me jette sur lui et il rit, de ce rire silencieux dont la mélodie m'a tant manqué, et me retourne mon geste. Mes bras serrent son corps frêle pour m'assurer qu'il est bien là en même temps que je plonge mon nez dans son cou et respire son odeur familière jusqu'à tousser et au risque d'hyperventiler.

Plus rien n'a cette fragrance. Bientôt deux ans qu'il est parti, juste après le Nouvel An. Les quelques affaires que j'ai gardées ne sentent plus rien, sa maison n'est plus qu'un lointain souvenir par sa demande.

Par pitié, que je ne me réveille pas.

— C'est vraiment toi ?

Impossible que ce ne le soit pas. Impossible d'imiter à ce point tout ce qu'il est. Même mon esprit n'aurait pu recréer une image, une reproduction, si fidèle. L'oubli : on n'en parle pas assez mais il est bien là, et constitue sans doute des aspects les plus difficiles du deuil.

Sans relâcher sa prise, il me répond de sa voix posée.

— Bien sûr. Du moins, une partie.

— Comment ça ?

Ma voix reste basse, par peur de faire éclater cette bulle hors du temps, par crainte que papa se morcelle dans mes bras et disparaisse de nouveau dans le néant à jamais.

— Tu sembles si réel, je souffle. Et tu me réponds… On ne dirait pas un rêve.

Mes doigts commencent à me faire mal, mais hors de question

de lâcher prise.

— C'est parce que ce n'en est pas un. Du moins, pas totalement.

Une main large caresse mes cheveux. Je me mords la langue.

— Même moi j'ai du mal à l'expliquer, fiston. Mais je sais que je suis là pour une raison.

— Attends… Vraiment ?

Toute une ribambelle de possibilités envahit mon esprit. De ces évènements que l'on voit dans des films, ou plus inquiétant, dans des documentaires.

Mon père se dégage pour prendre mon visage en coupe. J'avais oublié qu'il était à peine plus petit que moi. Je tiens beaucoup de lui physiquement, excepté pour mes yeux sombres hérités de ma mère. Ses mains, en revanche, sont rêches, contrairement aux miennes qui ne font que pousser du papier et taper sur des touches toute la journée. Les siennes ont travaillé la terre toute leur vie, au plus proche de la nature, créant la beauté et l'entretenant pour nos yeux ébahis… qui si souvent ne voyaient, ne voient, rien.

Ses doigts larges et striés de plein de petites coupures ressemblent davantage à ceux d'Adrien. Les deux ont d'ailleurs pas mal de ressemblances, et ils s'entendaient si bien…

— Tu ne vois pas, fils, poursuit-il d'un ton ferme. Tu ne vois pas le mal que tu te fais, que tu vous fais. Il faut que tu ouvres les yeux, avant qu'il ne soit trop tard. Tu n'as plus beaucoup de temps.

De quoi… ?

— Qu'est-ce que tu veux dire ? Je pense à toi chaque jour, papa. Chaque chose que j'entreprends, je le fais pour toi. Tu as vu mon entreprise ? Elle est florissante. Il… Il me reste encore du travail pour qu'elle soit prospère et pour rentrer dans mes frais, mais…

— Je sais, Mat, m'interrompt-il. Je suis si fier de toi.

Mon dos s'arrondit de lui-même, tout comme les larmes coulent de mes yeux sans signes de se tarir.

C'est tout ce que j'avais besoin d'entendre, tout ce pour quoi je me bats chaque jour.

Est-ce vraiment qu'un rêve ? Comment vais-je pouvoir en

sortir et vivre comme si de rien n'était ? Cela semble si réel. Même si mon cerveau tourne à toute vitesse pour tenter de donner du sens à ce qu'il se passe, une partie de moi plus archaïque reprend vie, cherche à éclore de nouveau.

J'agrippe ses poignets et ancre mon regard au sien. Le sourire sur ses lèvres ne parvient pas à contrebalancer la peine que j'y lis. Aussitôt, un sentiment immense de révolte prend possession de moi. Il m'a été enlevé, la seule famille qu'il me restait. Foutu monde injuste. Fichue vie ingrate.

— Papa… j'ai besoin de toi, j'éructe. Tu ne méritais pas… Tu étais si jeune, et elle… elle…

— Chut… Fils, ne pense pas comme ça, enjoint-il. Ta mère… fait du mieux qu'elle peut. Elle a même–

— Je ne veux pas le savoir ! je m'écrie. S'il y a bien quelqu'un qui méritait de mourir, c'était–

Le sol translucide se dérobe sous mes pieds. Le vertige prend bien plus de temps cette fois avant de s'évanouir et qu'enfin j'ose rouvrir les yeux.

La même pièce s'étend devant moi, avec cette fenêtre découpée en ce qui ressemble à des cases et le même enfant sur le tapis moelleux. Pourtant, nous sommes quelques années auparavant. La maison entière est décorée avec beaucoup trop de guirlandes et de lumières multicolores, et nous attendons toute la famille chez nous cette année.

— Tu te souviens ? Ça n'a pas toujours été comme ça. Tu aimais tellement Noël avant.

L'enfant sourit devant mes yeux. Vêtu de sa plus belle chemise rouge offerte par maman, il étudie avec attention son père ajouter du bois dans la cheminée, pressé d'être assez grand pour faire de même, puis suit sa maman dans toute la maison pour allumer des bougies à l'odeur de cannelle et de vanille, dispose avec concentration les morceaux de pomme sur la tarte pour former la plus parfaite des rosaces, observe impatiemment les cadeaux s'accumuler sous le sapin au fur et à mesure que les invités arrivent.

— Ne la déteste pas, fils, implore mon père avec tout l'amour qu'il n'a jamais cessé de ressentir pour elle, une main fermement accrochée à mon épaule tandis qu'il me montre la nuance dans ce monde gris. Comme beaucoup d'entre nous, elle n'a pas su lâcher ce qui ne la rendait plus heureuse pour poursuivre son bonheur. Elle a été trop gourmande et s'est persuadée de pouvoir garder les deux, conserver le meilleur des deux mondes. Ce, sans s'apercevoir avant qu'il ne soit trop tard qu'en développant l'un, elle laissait mourir l'autre ; qu'une plante mal entretenue pousse moins bien qu'une taillée trop près du pied. Et une fois que la culpabilité s'en mêle, le cercle vicieux commence, et s'en défaire par soi-même devient presque impossible. C'est pour ça que je suis là aujourd'hui, Mat. Pour te supplier de voir dans quel bourbier tu t'es mis.

Mes dents malmènent ma lèvre. Effectivement, Noël n'a pas toujours été une période triste. J'aimais les fêtes de fin d'année avant que les choses dégénèrent avec maman, et je les ai à nouveau aimées après, surtout avec le sens qu'elles ont pris une fois que j'ai rencontré Adrien.

— Tu n'es pas seul, fils, ajoute-t-il comme s'il avait lu dans mes pensées. Ta famille ne consistait pas seulement en moi depuis bien avant ma mort.

Est-ce pour ça que tu es là, alors ?

Mes poings se serrent. Le feu revient et remonte jusqu'à mes joues, contracte mes muscles jusqu'à ce que le malaise que je ressens se reflète dans tout mon corps.

— Plus on se débat, et plus on s'enfonce, papa, je murmure.

— Ça, c'est quand la fondation n'est pas solide, fiston. Car quand elle l'est, si tu ne le fais pas, si tu n'as pas confiance en sa solidité et tournes en rond au même endroit, elle s'use.

Jusqu'à rompre.

— Je l'ai toujours considéré comme ton ancre, la personne qui te maintiendrait sur terre lorsque tu partirais trop dans les hauteurs de ton ambition, qui te montrerait que la valeur ne se gagne pas avec l'argent ni la reconnaissance, mais par le cœur. Je te l'ai dit avant de partir, de t'accrocher à lui.

Je l'entends à peine. Mes remparts se sont érigés à nouveau, et je sens sa présence s'estomper, tout comme l'image de la parfaite petite famille le fait devant moi.

    — Fils, il ne te reste plus que lui, insiste mon père pour ses derniers mots. Tu as trop longtemps isolé ton cœur. Te retrouver seul te détruirait, surtout une fois que tu comprendrais que tu aurais pu faire quelque chose pour l'en empêcher. Donc prends soin de ton cœur, de lui, et de toi par la même occasion.

NUIT 1

Réminiscence

Mes paupières s'ouvrent sur un sanglot à peine étouffé. Mes joues sont collantes lorsque j'y amène une main, interloqué par le choc du réveil brutal. Le peu de clair de lune qui filtre dans la chambre à travers les fentes dans les volets fait scintiller les larmes sur la pulpe de mes doigts.

Le souffle court, je cherche du regard la présence rassurante que mon cœur réclame.

Et le voilà.

Je ne sais pas ce que j'aurais fait s'il ne s'était pas trouvé là, son corps à quelques centimètres à peine du mien, sa peau claire capturant par endroits la lumière. Juste-là, sur sa pommette, ou là, l'ombre légère de ses cils, ou encore là, un filet mordoré dans ses cheveux. Un autre, et un autre.

Je reste là, figé devant sa beauté que je m'interdis dernièrement de contempler pour une raison stupide qui n'a d'égale que ma lâcheté.

Mais il n'est pas parfait, je le sais, et je le vois. Je devine les cernes bleutés qui tachent l'endroit épargné par les taches de rousseur qui décorent son visage. Ses sourcils se froncent parfois, témoins de ces choses qui le travaillent qu'il a mentionnées de façon superficielle.

Mes doigts fourmillent. Je me tourne vers lui et les laisse approcher sa main, mais les retiens à un centimètre d'effleurer sa peau. Je me contente d'observer le mouvement léger des draps qui le recouvrent à chacune de ses respirations au lieu de sentir son pouls, son cœur battre, témoin qu'il est réellement là, que je ne suis pas seul et qu'il ne m'a pas quitté malgré les reproches que je lui fais pour ne plus savoir comment lui parler.

Les larmes continuent de couler – je les ignore.

Tout va bien, je me répète. *Il est là, je suis là, c'est tout ce qui compte.*

L'instant présent est tout ce qui compte.

Cependant, les images refusent de cesser leur défilé assourdissant dans ma tête. Elles tournent, encore et encore, tapent du pied, tirent sur les cordes de mon esprit pour me leurrer et rendre impossible de résister.

Ce n'est que de la nostalgie. La période de Noël y est propice. C'est normal de songer au passé, ça ne signifie rien par rapport au présent.

Le rêve s'est dissipé, mais impossible d'échapper aux reviviscences du passé lorsqu'elles nous tiennent. Un souvenir en amène un autre et ainsi successivement. Et comme tout semble en venir à lui, le film de ma vie passe rapidement sur les fêtes suivantes sans s'y attarder. C'est de toute façon la même chose : l'absence de maman, cette fois car le divorce a été prononcé et que papa a obtenu ma garde – pas qu'elle se soit battue pour la réclamer –, l'année d'après passée avec elle, puis avec papa. La joie irrémédiablement ruinée par l'absence pesante de l'autre. L'excuse d'un voyage d'affaires l'année suivante, la distanciation progressive avant que nous cessions d'essayer.

La tristesse s'est amenuisée avec les années, même si une certaine douleur, devenue rancœur enterrée avec les années et l'adolescence, a toujours demeuré.

Les années se ressemblent jusqu'à mon entrée à l'université à des centaines de kilomètres d'ici. Excuse parfaite pour ne pas rentrer pendant les fêtes. Les amis, les amants, les études poussées, sans compter le programme international et le prix exorbitant des billets à cette époque.

Jusqu'à ce jour, j'ignore si mon père se doutait de la raison de mon évitement. Or, la question financière était indiscutable, donc il n'a jamais rien dit.

Puis, des années plus tard, son sourire tordu, ses cheveux brillants, ses taches de rousseur et ses yeux couleur des lagunes les plus préservées. Son calme à toute épreuve, sa solitude qui embrassa si aisément la mienne. Et notre premier Noël ensemble, avec l'officialisation de notre « nous »...

5 ans plus tôt

J'ai l'impression que ni Adrien ni moi ne savons comment faire. Cependant, il y a ce marché de Noël en ville, bien cliché avec sa grande roue illuminée de blanc qui se voit à des centaines de mètres et ses stands en bois aux toits rouges qui vendent des délices aux effluves épicés et des beautés faites main.

Je me sens tel un adolescent lors de son premier rendez-vous galant. Or... fait est que je n'ai jamais fait ça avant, outre le film pour se toucher en secret dans le noir, échanger des caresses sous le flot d'adrénaline et d'hormones. Pas de vrais tête-à-tête où le but est de discuter et d'apprendre à se connaître.

Néanmoins, quelque chose en moi... frétille à l'idée de partager ça avec lui. Car cela me rappelle notre rencontre, et fait partie de notre accord.

Après la soirée de speed-dating à laquelle j'avais assisté en ce jour de Saint-Valentin juste pour me moquer des cœurs solitaires désespérés que je cherchais à persuader qu'une nuit sûre valait mieux que des jours incertains, nous avons vécu des semaines surréalistes ensemble. Une nuit s'est transformée en week-end, qui a donné lieu à des heures passionnées dans mon lit à nous apprivoiser.

Mais pas seulement.

Entre échanges de messages permanents et visites nocturnes, nous avons découvert notre compatibilité, et notre complémentarité.

Aucun de nous n'aimait se prendre la tête, mais aucun non plus ne lâchait facilement devant une pique, une provocation. Dans le même temps, nous respections les limites de l'autre et avions les mêmes, notamment en ce qui concerne le travail et nos priorités. Aucun de nous ne pensait à quelque chose de sérieux, mais nous sommes vite devenus accrocs.

De la même façon, tous deux savions que cela ne pouvait durer. Petit à petit, nous avons pris nos distances l'un avec l'autre pour protéger nos cœurs jusqu'à mon départ pour Singapour.

Au cours des neuf mois passés à des dizaines de milliers de kilomètres l'un de l'autre, nous avons à peine échangé une douzaine de messages. Aussi car il ne quittait que rarement mon esprit, pour le hanter à nouveau dès les portes de l'entreprise où je faisais mon stage passées. Ces échanges, c'était moi qui les initiais, surtout car j'avais besoin de m'assurer que je ne devenais pas fou à exagérer la connexion qu'il y avait eue entre nous, et qu'il existait bel et bien hors de ma conscience ; que je n'avais pas imaginé notre rencontre et cette étincelle qui brûlait en permanence quelque part dans mes tripes. Qu'elle avait une raison d'être et serait peut-être un jour attisée jusqu'à devenir brasier et m'habiter entièrement.

C'était notre marché. Je trouvais ça stupide au début, niais et disproportionné. Lui de même, sans doute. Il y croyait moins que moi. Mais je vivais la plus belle année de ma vie et je n'avais rien à perdre. Car en même temps, l'absence de promesses me rassurait, retirait à notre… lien une pression qui me faisait peur.

J'ai vu dans son regard fuyant qu'il n'y croyait pas lui non plus. Pourtant… loin des yeux près du cœur il semble bien, puisqu'à mon retour il n'a pas hésité à me dire oui pour tenter.

Donc maintenant, me voilà. À attendre sa venue, bercé par les voitures et bus passant sans cesse, tantôt dans un sens, tantôt dans l'autre. Les chants de Noël envahissent les rues bondées, rendant difficiles les conversations. Finalement, le choix de lieu n'est peut-être pas le meilleur pour la discussion qui pourrait changer nos vies à jamais.

Dans le même temps, quelque chose me dit qu'elle ne sera pas si pénible.

Je frotte mes mains gelées l'une contre l'autre, puis souffle entre elles afin de tenter de les réchauffer. Malgré les doubles chaussettes et les bottes tendance rembourrées, je ne sens plus mes pieds depuis que je me suis immobilisé à l'attendre.

J'ai plus que le temps de tourner mes angoisses en boucle dans ma tête. Jamais je ne me suis senti si… à bout de souffle à la perspective d'une rencontre avec quelqu'un. Cependant, je ne suis pas vraiment le roi en matière de relations sérieuses.

Et c'est ce que je souhaite avec Adrien.

J'ignore même comment je vais le saluer. Une poignée de main me paraît trop impersonnelle, un baiser trop présomptueux.

« Doucement », avons-nous convenu un peu maladroitement. Pourtant, sans le voir, je sais déjà que je serai incapable de résister au désir de l'inviter à finir la soirée chez moi. Si son odeur est aussi envoutante qu'avant, je sais que celle des épices qui baigne l'avenue ne pourra la supplanter. Si sa peau est aussi douce qu'autrefois, ma main ne quittera pas la sienne s'il m'accorde le plaisir de la tenir ; et si ses yeux sont aussi brillants et vifs que dans mes souvenirs, les lumières de Noël ne pourront m'en décrocher.

Alors que je patiente, je lutte contre ces trois petits mots qui cherchent à être entendus, prononcés même si seulement dans l'espace imperméable de ma conscience. Tout au long de mon séjour, j'ai tenté de rationaliser mes pensées, mes désirs, cette obsession. Me dire que ce n'était pas possible d'avoir ressenti tant en si peu de temps. Et à ces occasions, mon esprit délirant naviguait entre illusion et… ce mot de cinq lettres qui dérègle nos sens.

Je lutte contre la pensée de « Ce ne peut être que ça » qui menace de faire disjoncter mon cerveau, de prendre le contrôle sur tout le reste et est l'exact opposé de « doucement », qui risque de balayer les objections, nos différences, le fait que nous soyons des adultes et que d'autres choses que nos sentiments et les papillons dans le ventre entrent en ligne de compte.

N'est-ce pas ?

— Tu as choisi le bon jour, la brise est légère ce soir.

Sa voix en permanence basse envoie des frissons dans tout mon corps. Mes sens se réveillent dès la première note, mon dos se redresse, mes poils se hérissent.

Te voilà enfin.

Je prends une longue inspiration avant de lui faire face, mais impossible de me préparer à le voir là, à une dizaine de centimètres à peine de moi. Les chansons qui flottent dans l'air depuis des enceintes accrochées aux façades s'estompent.

Dans une bulle où seules nos respirations se font entendre, je détaille ses traits. Une écharpe rouge épaisse me cache sa barbe ainsi que ses lèvres, et tant mieux, car j'aurais sans doute fait fi de toutes les règles de bienséance si j'avais pu admirer leur courbe.

— Même la météo est de notre côté, je provoque.

Un rire franc fait descendre le tissu écarlate, et je détourne le regard. Les rues bondées exsudent la vie et la joie.

Tu le ressens, toi aussi ?

— Un café ? je propose à la place.

— Très bonne idée.

Alors que nous nous aventurons entre les étales, Adrien me demande comment était Singapour, et tandis que je déblatère sans m'arrêter sur les gens, la nourriture, mon amour du mandarin et ma fascination pour les cultures asiatiques, je fais semblant de ne pas voir le stand de boissons chaudes le plus proche et continue de marcher. Son sourire m'indique qu'il a très bien compris mon manège, mais je ne suis pas encore prêt à abandonner sa main que je réchauffe dans la mienne.

— Je n'ai jamais fait ça, tu sais ? commente Adrien après que nous ayons fait le tour du marché et englouti nos cafés.

— Moi non plus, je rétribue.

Il hoche la tête puis baisse les yeux sur nos doigts entrelacés.

Des vendeurs nous encouragent à approcher, des enfants crient et pleurent, des groupes rient à l'unisson. Le temps frais nous permet de nous balader autant que nous le souhaitons sans coller à nos vêtements.

— Ça te gêne ? je demande tout de même.

— Bizarrement, non.

— Pourquoi « bizarrement » ?

Adrien hausse les épaules, reporte son regard devant nous, là où la ville continue de fêter l'approche de Noël en contrebas.

— Je ne sais pas. Est-ce qu'on a encore l'âge de le faire ?

— Quoi ? je m'offusque. Comment ça ? Je n'ai que trente-deux ans !

Et lui, plus d'un an de moins.

— Je sais. C'est sans doute stupide.

Pas une seule fois il n'a regardé alentour pour jauger du regard des autres sur nous, alors…

— C'est à cause de ta mère ?

Ma voix se fait douce, comme bien souvent avec lui.

— Peut-être, offre-t-il simplement. Sûrement.

Du peu qu'il m'en a parlé avant mon départ, j'ai compris. La relation difficile avec nos mères est l'un des points que nous avons en commun, et pas le plus joyeux. Mais, alors que la sienne n'a jamais pu accepter son orientation sexuelle, la mienne a préféré abandonner sa famille pour chercher meilleure ailleurs.

— Viens là, j'enjoins.

Je tire sur ses doigts pour l'amener près d'un muret qui longe la place. Une fois assis, je l'attire entre mes jambes et saisis sa main libre. Nos yeux s'accrochent, nos souffles se mêlent. Je prends un instant pour l'admirer, ses cheveux longs qui s'échappent de sous le bonnet placé légèrement sur la gauche, sa carrure mise en valeur par la veste épaisse en cuir marron, la façon dont l'éclairage blanc de la grande roue fait briller ses pupilles. Je savoure la chaleur que le simple fait de tenir ses mains fait naître en moi, l'étincelle qui parcourt mes veines à sa manière de me regarder.

Dis-moi oui.

— Tu passes un bon moment ? je murmure.

Adrien hoche la tête, sourcils levés comme pour dire « Évidemment. »

— Tu penses que…

Ma voix enrouée n'a pas besoin de formuler davantage qu'il

m'interrompt.

— Oui, répond-il. Tentons. C'est ce qu'on avait dit, non ? Que si cette… connexion était toujours là, on lui accorderait une chance de se développer ?

Un large sourire fend mon visage, tire sur mes joues.

— Absolument, je confirme avec enthousiasme.

Nous avons plein de sujets à aborder encore, de conversations à tenir. Mais pour l'instant, c'est de ça que nous avons besoin : d'être sur la même longueur d'onde, de savoir pour quoi nous nous battons.

Mes pouces caressent ses jointures, se refamiliarisent avec le grain de sa peau. Je profite de l'éclairage pour étudier les nuances de vert et la pointe de jaune dans ses iris tout en me délectant de sa présence.

— Tu m'as manqué, je souffle, le regard sur sa bouche rosée.

Décision prise, tout mon être l'implore à présent de m'embrasser. Mes yeux cherchent dans les siens une raison pour laquelle il ne le ferait pas, mes lèvres s'entrouvrent pour appeler les siennes d'un cri silencieux. Il déglutit et je suis le mouvement de sa pomme d'Adam en faisant de même, le remerciant intérieurement d'avoir défait son écharpe plus tôt.

Adrien se rapproche, mes jambes s'écartent davantage d'elles-mêmes. Mes mains tirent sur les siennes pour l'encourager à aller plus vite, mais il résiste, colle nos fronts. Je me retiens tout juste de le supplier. Si nous étions dans un lieu avec plus d'intimité, je l'aurais fait, et bien plus que ça.

— Si tu ne veux pas…

Pour toute réponse, il fond sur ma bouche pour y accoler la sienne. Nos inspirations bruyantes reflètent une surprise qui n'a pourtant aucune raison d'être.

Oui, il m'a manqué. Chaque recoin de son corps m'a manqué, chaque facette de son être qu'il me semble connaître par cœur et en même temps être cette grande inconnue qu'il me tarde de déchiffrer.

Sa langue taquine ma lèvre inférieure et la mienne la rejoint. J'accélère la cadence du baiser, accroche nos mains toujours liées au bas de son dos pour le coller à moi.

— Doucement, doucement, se dérobe-t-il. On est toujours dans un lieu public.

Je prends une profonde inspiration pour tenter de contrôler les langues de feu qui attisent l'excitation dans mes veines.

Soudain, un rire commun et libéré nous gagne. Cette aise ressentie l'un avec l'autre dès les premiers mots échangés est de retour. Rassurés, nous rions dans les bras l'un de l'autre pendant de longues minutes.

— Tu dors chez moi ? j'ose enfin une fois calmé.

Les endorphines font pétiller mon sang. Mon champ de vision est réduit à ses joues rosies et à la fine tresse à demi dissimulée entre ses mèches.

Adrien lève les yeux au ciel, mais la façon dont il se mord la lèvre est toute la réponse dont j'ai besoin.

Comme on dit, cette deuxième première nuit sera la première du restant de nos vies.

JOUR 2

23 décembre

La sonnerie du réveil est tel un hurlement strident qui m'arrache à un sommeil lourd et agité. Mes paupières collent, mes doigts s'accrochent aux draps comme pour retenir les aiguilles du temps.

Qu'est-ce qui se passe ?

Je suis d'habitude quelqu'un qui aime la perspective de productivité qu'amène une nouvelle journée. C'est l'occasion de construire sur les bases de la veille et de faire mieux, plus, d'avancer. Or ce matin, mon bras est lourd lorsque je le lève afin de faire cesser la sonnerie générique.

Mes yeux fixent le plafond toujours strié de clair de lune. Ma poitrine est endolorie, comme si le muscle en son centre avait été malmené. Revoir mon père dans ce rêve étrange… m'a remué. Je sais déjà que je vais passer la journée à tenter de chasser cette enveloppe de coton qu'est le deuil.

— Tu vas rester, ce matin ? me parvient une voix ensommeillée.

Les draps remuent tandis qu'Adrien se rapproche. Son corps chaud de sommeil recouvre mon flanc, l'odeur de ses cheveux contre ma joue participe à me maintenir dans cet état de paresse qui ne me ressemble pas.

— Reste avec moi, Mat. Rien qu'une fois, murmure-t-il contre ma clavicule.

Je déglutis, revois l'expression attristée de mon père sur moi, repense à la chance qui risque de me passer sous le nez avec les clients de Hong Kong, et pousse sur son épaule couverte de coton doux.

— Je ne peux pas, je réplique. Tu sais depuis le temps à quel point je tiens à ma routine.

Je lui jette à peine un regard avant de me redresser. Mes pieds nus heurtent le tapis moelleux et je me fige. Ma respiration s'accélère, mes poings se referment sur le bord du matelas.

Tout va bien. Ce n'était qu'un rêve. Tu n'es plus ce gamin sans son mot à dire, impuissant. Va prendre en main ton futur.

Mes membres tremblent quand je me baisse pour enfiler les chaussettes abandonnées au pied de la table de chevet. Après mon jogging, je rentrerai me doucher et me changer. Adrien sera déjà parti travailler, nous nous reverrons ce soir.

Et tout recommencera.

Un bruit de frottement à peine audible, puis une chaleur s'étend sur ma peau depuis le bas de mon dos. Le contact est à peine appuyé, tout juste perceptible par l'effet qu'Adrien a sur moi. Mon corps reconnaît sa présence même à distance.

— Bonne journée, bon courage.

J'attends en retenant mon souffle des mots d'amour qui ne viennent pas. À la place, ses lèvres déposent un baiser aérien entre mes omoplates au travers du tissu de mon t-shirt.

Je grommelle une réponse dépourvue de réel remerciement et me lève. Ses mains glissent sur moi telles des vagues qui se retirent de la côte à marée basse, pour laisser dans leur sillage un paysage désertique.

Depuis quand ne le dit-il plus chaque matin ? Chaque soir ?

Qu'en est-il de moi ?

Une fois ce contrat bouclé… on avisera.

Pour l'instant, ce qui compte est de tout faire pour rester.

— J'ai vu Ava aujourd'hui, lance Adrien en guise de salutation après avoir frappé à la porte de mon bureau.

Sa chemise en flanelle noire et verte complimente les nuances dans ses yeux. Je prends un moment pour apprécier les endroits de son corps auxquels le t-shirt déchiré qu'il porte en dessous accroche. Mon rythme cardiaque s'accélère.

— Elle t'a aidé à réparer la sonnette ? je rétorque.

Malgré la réaction de mon corps en le voyant, je lui fais payer par mes mots l'angoisse ressentie en passant la porte plus tôt dans la soirée pour tomber sur une maison plongée dans un silence maussade. Je ne le lui avouerai jamais, mais j'ai hurlé son prénom bien trop de fois pour que ce soit considéré comme sain. Depuis, je suis cloîtré dans mon refuge, la tête plongée dans les dernières études sur les capacités d'impression en trois dimensions pour l'industrie. Cela a beau avoir été le thème central de mes études, les travaux dans le domaine avancent à la vitesse de l'éclair, et le marché asiatique n'a rien à envier au nôtre de ce point de vue là. Je suis persuadé que ça pourra faire la différence dans cette proposition…

Adrien soupire, la porte grince.

— Tu peux arrêter d'être sarcastique deux secondes et avoir une conversation sérieuse avec ton mari ?

Parfois, j'ai le sentiment que nos conversations sont un peu trop sérieuses, justement.

Je fais volte-face et fixe mon regard au sien, sans pour autant prendre la peine de me lever.

Adrien décontracte avec effort sa mâchoire.

— Tu n'aimes pas mon ton ? Je n'affectionne pas davantage le tien.

— Tu parles comme un académicien maintenant ?

Il retient son souffle, ses narines se dilatent un instant avant qu'il prenne une grande inspiration.

— Viens dîner, s'il te plaît. J'ai fait du poulet au four exprès.

— Depuis quand tu cuisines pendant la semaine ?

— C'est Noël, déclare-t-il en guise d'explication.

Le rappel de la période et de la date butoir qui approche projette l'image de mon père dans mon esprit. Dans le même temps, l'alliance et la bague de fiançailles au doigt d'Adrien accrochent la lumière de la lampe au design moderne sur mon bureau.

La première fois, la séparation nous a fait comprendre la profondeur de nos sentiments. Cependant, la prochaine risque de…

Je serre les dents.

— Je travaille sur un gros contrat là.

Adrien fait un pas dans ma direction, tend la main, avorte son geste.

Mon souffle demeure emprisonné dans ses doigts crispés.

— Je peux attendre que tu fi–

— Je ne sais pas quand j'en aurai terminé. Mange sans moi.

Depuis quand mes pensées sont-elles si éloignées de mes paroles ? Et, bon sang, pourquoi toutes ces réflexions m'inondent maintenant ?

Ses lèvres s'entrouvrent, mais sa gorge garde ses mots emprisonnés. L'étau dans ma poitrine se desserre avant de se contracter à nouveau.

— Très bien, concède-t-il. Je te laisse une assiette dans le micro-ondes.

Il ne me laisse pas le temps de répondre et tourne le dos. La porte se referme de façon bien trop délicate.

Lorsque je me rends enfin dans la cuisine des heures plus tard, je suis accueilli par une pièce éclairée uniquement par les guirlandes lumineuses qui décorent le sapin, mais aussi le buffet et l'immense miroir au-dessus de celui-ci. D'autres encore font le tour des fenêtres et projettent leurs reflets multicolores sur chaque élément de la pièce.

Quand a-t-il eu le temps de décorer la maison aux couleurs de Noël ? Comment ai-je pu ne pas le remarquer avant ?

La nourriture est aussi savoureuse que les cendres de la cheminée, et le malaise grandit en moi à chaque bouchée. Le silence semble avoir une tonalité funeste, tellement qu'avant de regagner la chambre je m'agenouille pour allumer un feu dans l'espoir d'amener dans la maison un semblant de vie.

Mon mari dort déjà profondément lorsque je me couche à ses côtés. Tandis que j'observe le clair de lune jouer dans ses cheveux et ses respirations faire danser son dos large et ses épaules voûtées, je revois les bougies à peine consumées au coin de la table, le sapin embrassant la pièce de ses boules étincelantes, la nappe rouge à paillettes, les couverts en argent ; et je ne peux m'empêcher de me demander ce qui me retient de le prendre dans mes bras là, maintenant.

Quand cette barrière s'est-elle érigée ? Est-ce moi qui l'ai assemblée, brique par brique, ignorant ses appels depuis l'autre côté ? Est-ce que je continue de le faire sans le voir ?

Une journée de plus. Un baiser en moins. Une brique de plus.

NUIT 2

Présent

— Hé, mon beau, félicitations !

La voix guillerette attire mon attention vers l'entrée du café dans lequel je me trouve à savourer une de ses boissons chaudes de Noël qui me rappelle tant cette soirée à mon retour de Singapour.

— Merci. Viens, allons nous asseoir.

Ava a toujours été bien plus gaie qu'Adrien. Ce dernier peut être sûr de lui lorsqu'il s'agit de prendre les choses en main, n'empêche qu'attirer le regard des autres n'a jamais été là où il était le plus à l'aise.

Il époussette les flocons qui s'accrochent à ses cheveux et à son manteau puis traîne Ava et ses longues mèches teintes en noir jusqu'à une table près de la devanture.

— Je veux te prendre dans mes bras, viens, insiste-t-elle.

Un sourire étire les lèvres fines d'Adrien tandis qu'il lui accorde son étreinte. Les bras fins d'Ava s'enroulent autour de mon mari, et je fais de mon mieux pour ignorer le nœud qui se serre dans mon estomac. Un autre s'y ajoute lorsque le visage d'Adrien se cache un instant au creux du cou de la brune. Les plis que j'aperçois sur son front en font naître des similaires sur le mien.

— C'est bon, ça suffit, se dérobe-t-il après un moment.

— Tu en avais besoin, avoue.

Son ton taquin est contrecarré par le sourire tendre qui se dessine sur son visage hâlé.

— Tes cernes me disent tout ce que j'ai besoin de savoir, ajoute-t-elle. Presque deux semaines que nous nous sommes vus et j'ai l'impression que tu n'as pas dormi depuis.

— C'est bon, arrête, mon amour propre en a assez souffert en deux minutes de conversation, élude-t-il tout en s'asseyant sur la banquette écarlate.

— Tout ce que je veux dire, c'est que je ne pense pas que ce soit ta soi-disant moitié qui te maintient éveillé toutes les nuits… du moins, pas pour *cette* raison.

— Qu'est-ce que tu en sais ?

Ava s'assied à son tour, lève un sourcil anciennement percé.

— Ton absence de sourire tandis que tu me posais la question.

— Nous sommes là pour fêter, non ?

Fêter quoi ?

Ava ignore totalement la tentative d'Adrien de changer de sujet. À la place, elle pose ses coudes sur la table vitrifiée et se penche vers lui.

Je serre ma tasse avec davantage de force.

— D'accord, je te pose la question en toutes lettres alors : comment tu vas ?

Adrien soupire, tapote le bord de la table devant lui de ses doigts épais.

— Ça va, répondit-il avec un tressautement du coin de ses lèvres.

— Ai-je besoin de mentionner de nouveau tes cernes ?

Tout le monde en a.

— Comment peux-tu dire ça alors que ton mari souffre clairement ?

— Bon sang !

Je sursaute quand j'entends la voix d'Ava tout près de mon oreille alors que je la vois toujours assise à quelques mètres de moi.

— Quoi ? Ai-je dit un mensonge ? Il t'a l'air heureux ?

Qu'est-ce que… Comment… ?

L'Ava près de moi lève les yeux au ciel.

— Ça te surprend que je sois l'esprit de Noël du présent ?

C'est différent pour chaque personne.

— L'esprit de quoi ?

Cette fois ça y est : mon esprit tiraillé a définitivement vrillé.

— Ton père ne t'a pas expliqué ? s'étonne-t-elle.

Sa tête penche de côté tandis qu'elle m'observe. Voit-elle mes yeux rougis ? Entend-elle les battements altérés de mon cœur ?

— Je suppose que le choc a dû être brutal, accorde-t-elle. Vous deviez avoir d'autres sujets plus prenants à aborder.

C'est le moins que l'on puisse dire.

Ses mains se joignent et son regard s'illumine, comme un enfant devant une pile de cadeaux sous le sapin.

— Laisse-moi t'expliquer alors : ces trois nuits avant le vingt-cinq décembre, tu vas recevoir la visite des esprits de Noël du passé, présent et futur. Nous sommes là pour t'aider à prendre du recul. Pour te montrer ce qui t'a amené là où tu es aujourd'hui, à quoi ta vie ressemble vraiment, et vers quoi tu te diriges à l'avenir.

Les bruits de vaisselle et de conversations alentour disparaissent. Soudain, je me rappelle qu'Adrien m'a dit avoir vu Ava pendant la journée.

Je regarde à nouveau vers eux, confus. Est-ce cette rencontre à laquelle je suis en train d'assister ?

Et du coup, est-ce vraiment mon père que j'ai vu la nuit dernière ?

— Quoi ? je demande à bout de souffle. Mais…

— Tu vas me dire que tout va bien dans ta vie ?

Elle hausse à nouveau un sourcil. C'est tellement… Ava.

Tout comme hier on aurait vraiment dit papa.

— C'est… normal.

Le mot me brûle la gorge en sortant.

Est-ce de la résignation ?

— Il est où monsieur le businessman ? provoque-t-elle.

Sans voix ni réponse pertinente, je garde le silence.

— Tu as été choisi, alors tu as intérêt à saisir ta chance. Ne fais pas l'autruche, et encore moins le con.

L'intensité de son regard me cloue à ma chaise.

« *Tu ne vois pas, fils.* »

Je retiens une plainte lorsque sa voix refait écho en moi.

« *Il faut que tu ouvres les yeux, avant qu'il ne soit trop tard. Tu n'as plus beaucoup de temps.* »

— C'est un peu trop d'information là, je m'étrangle.

Pas sûr que j'y crois, non plus. Je me réveillerai bientôt et tout sera pareil.

Laisse passer, ça ira.

Je déglutis, ai besoin de changer de sujet pour ne pas perdre pied.

— Comment tu peux être là et… là-bas en même temps ?

Un coup d'œil vers l'avant du café et les revoilà, désormais main dans la main.

— Nous nous sommes vus dans l'après-midi, donc techniquement ce n'est pas simultané, balbutie-t-elle. Pour être franche, c'est compliqué, mais il s'agit bien de moi. Ou du moins, d'une partie de moi inconsciente. Donc je ne me souviendrai pas de cette… visite, mais c'est bien moi.

— Je…

J'ignore si c'est pour éviter davantage de questions de ma part ou simplement le dérouler de la conversation, mais l'Ava qui se trouve avec Adrien choisit ce moment pour reprendre la parole.

— Comment va ta grand-mère ?

Sa voix a pris une tonalité plus douce, presque triste.

Une expression peinée s'empare du visage d'Adrien. Il fixe ses doigts qu'Ava caresse d'un geste lent.

— Son état s'est encore dégradé. Ils… Ils me disent qu'elle ne devrait pas vivre un autre Noël.

Sa voix se brise sur le dernier mot.

Quoi ?

— Je suis désolée. Je passerai la voir ce week-end.

— Ça lui ferait plaisir.

Elle ne la reconnaîtra pas, mais ce n'est pas ce qui compte. Plus maintenant.

La claque fait le monde s'arrêter de tourner. Mon pouls

s'emballe tandis que la scène autour de moi se fige. Les murs colorés s'effacent pour être remplacés par de piètres copies en crépi blanchâtre.

— *Il ne peut pas me laisser, Adrien. Comment je vais vivre sans lui, hein ? C'est le dernier, je n'ai personne, je suis orphelin, délaissé, abandonné… vide.*

Mon mari m'entoure de ses bras, mais à cet instant, ils ne sont qu'algues qui m'amarrent au fond d'un océan de peine.

— *Chut, Mathias, non, murmure-t-il contre mon oreille. Je suis là. Je serai toujours là. À nous deux, nous formons une famille.*

Je me dégage d'un geste brusque et manque de tomber. Mes yeux cessent de se fixer sur le sol tout aussi blanc que les murs pour affronter le vert des siens. Ma respiration est si altérée que ma tête me tourne. Tous mes membres tremblent.

— *Comment tu peux dire ça ? j'accuse. Mon père est en train de crever et toi tu ramènes tout à toi ? Le mariage ne fait pas tout ! J'ai construit toute ma vie pour lui, tu comprends ça ? Quand maman nous a abandonnés, j'ai été tout, je me suis dit la même chose que tu te dis là : que je suffisais. Que j'étais assez pour le rendre heureux, pour retirer ce fardeau de son dos, celui que je représentais.*

Je renifle pour rien : les larmes continuent de couler, rendent l'image d'Adrien aussi floue que le monde me semble en ce moment.

— *J'ai construit mon identité, ma carrière, autour de ça ! Chaque pas, chaque étape franchie c'était pour alléger un peu plus ce poids. Pour compenser la honte qu'il ressentait par de la fierté. Pour quand quelqu'un s'adressait à lui, ce soit ma réussite qu'ils voient et envient, au lieu du pauvre malheureux qui n'a pas su voir que sa femme le trompait depuis des années alors que tout le monde autour de lui était au courant !*

Adrien tend les mains vers moi, échine voûtée comme s'il tentait d'apprivoiser un lion sauvage. Des mots s'écoulent lentement de sa bouche pour tomber dans l'oreille d'un sourd. Je n'entends que mon cœur à mes tempes et le sifflement de ma respiration.

— *Je voulais être la décharge qui ravive son cœur.*

Je pointe un doigt accusateur en direction de cette pièce où ils ont échoué à le faire.

— *Je voulais être sa vengeance là où il était incapable de la prendre, je crache. Il est tout ce que je suis.*

« *Était.* »

Non, je refuse.

— *Tout allait tellement bien, j'éructe. Et alors que je me trouve à deux doigts de tout consacrer, de créer l'entreprise qui me permettra de consumer les dernières pierres qui pèsent encore sur son dos, le voilà qui me quitte ? Et toi, tu veux prendre sa place ?!*

De nouveaux bras m'entourent, par-derrière cette fois. Aucune affection n'en émerge. Je ne ressens que le froid qui attise le feu de ma rage.

— *Tu te dis que tu peux devenir mon monde ? Que mon axe, mon orbite, peut changer juste comme ça pour que tu en sois le centre ? Que tu peux combler le gouffre qui creuse ma poitrine ? Non !*

Les mots sortent avec plus de difficulté de ma gorge sèche désormais. Cependant, le torrent ne connaît pas de barrage suffisamment résistant pour l'arrêter. J'ignore ce que je profère. Je sais juste que le vide grandit à mesure que les mots sortent, comme s'ils étaient une partie de moi et qu'ils l'emmenaient s'évaporer avec eux.

Des cris sourds retentissent à mes oreilles, la prise se raffermit, je me débats davantage. La seule chose dans mon champ de vision c'est lui et ses cheveux ocre, ses yeux exorbités. Je le vois à travers un voile. Il me paraît si loin. Pourquoi ? Il va me quitter, lui aussi ? Vais-je tout perdre alors que je frôlais le ciel ?

— *Je ne sais pas être sans lui, je m'étrangle. Je ne ressens rien pour toi là, maintenant, tu comprends ça ? Je ne ressens que de la rage ! Comment la Terre peut continuer de tourner ? Comment peux-tu encore tenir debout et prétendre comprendre ma souffrance ? Comment oses-tu me parler de famille ? De nous ? Il n'y a pas de « nous ». Il n'y a pas de nous, parce qu'il n'y a plus de moi !*

Je m'effondre. Mes genoux claquent contre le carrelage. La personne derrière moi me lâche, mes mains heurtent le sol à leur tour et sa fraîcheur fait un frisson violent me secouer. Mes larmes dessinent des taches transparentes auxquelles mon regard s'accroche. Tout est silencieux.

— *Je ne pourrai jamais me pardonner de ne pas avoir su lui donner cette dernière chose, ce dernier élément qui l'aurait aidé à reposer en paix, je souffle à travers ma gorge à vif. Je suis incomplet, je l'ai laissé partir inachevé. Il voulait me voir réussir.*

— *Il voulait te voir heureux ! explose Adrien.*

Il s'agenouille devant moi et agrippe mes épaules. Or, j'appartiens désormais à la glace. Sa chaleur ne parvient pas à faire fondre la frontière entre nous.

Adrien ne la voit pas ou bien décide de l'ignorer. Ses doigts s'enfoncent dans le tissu rêche de mon manteau tandis qu'il me secoue. Son geste parvient à le faire, au contraire de ses mots. Je suis imperméable.

— Et je… je croyais que tu l'étais. Avec ta carrière, avec lui, avec… avec moi.

Je n'ai plus la force de répondre. Je vacille et son torse est là avec toute sa force pour accueillir ma carcasse. Cette fois, je ne fuis ni ne proteste face à son étreinte.

Je l'entends parler calmement à quelqu'un à travers le coton dans ma tête. Mes membres sont mous, mais mon pouls ralentit progressivement pour suivre le sien qui tape juste là, sous mon front, tandis que son souffle à mon oreille guide mes respirations. Lorsqu'elles reprennent une cadence normale, celui-ci s'arrête par intervalles autour de mots prononcés contre ma tempe.

Malgré mes paroles, mes accusations, mes rejets, il ne cède pas et continue de proférer son amour pour moi.

Je sais bien que ce n'est pas la dernière fois qu'il m'a dit m'aimer, mais c'est sans doute la première où cet aveu a heurté à côté de sa cible. Aussi, je ne me souviens pas le lui avoir exprimé à mon tour depuis.

Quelque chose s'est rompu ce jour-là. En moi et entre nous. Peut-être même en lui, par ma faute.

— Mathias.

Le ton doux d'Ava me ramène au présent. Revivre cette journée charrie tout un tas d'émotions et de sentiments. J'ai l'impression qu'à ce moment-là toutes les étapes du deuil me sont tombées dessus en une fois. Peut-être parce que je savais que ça pouvait arriver d'un jour à l'autre.

— Tu es prêt à y retourner ?

Je cligne des paupières pour chasser les larmes qui s'y accumulent. La frustration et la colère ont laissé place à une tristesse sans fond. Je suis à vif. Cette crevasse dont j'ai parlé ce jour-là s'est rouverte dans ma poitrine pour avaler le peu de lumière qu'Adrien avait réussi à y faire briller à force de persistance, d'instants volés et de brefs touchers.

— Je suis désolée de te le dire, mais ce n'est pas terminé, avoue-t-elle.

Combien de coups puis-je encore endurer ?

Je hoche la tête. Voir la scène depuis un point de vue extérieur et alors que je ne m'y attendais pas m'a secoué plus que de raison. Je dois faire mieux. Je ne peux pas laisser Adrien vivre la même chose que moi. Or, alors que je ne doute pas que la disparition de sa grand-mère sera une épreuve terrible pour lui, je sais qu'il est bien plus fort que moi. Là où je suis habitué à me débrouiller seul, Adrien a toujours eu des personnes de son côté à qui se raccrocher lorsqu'il faisait face à un obstacle.

Reste que c'est à mon tour d'être là pour lui.

Et tu n'étais même pas au courant de ce qui est en train de se passer.

Adrien a été élevé par sa grand-mère depuis petit. D'abord occupant un rôle similaire à celui de nourrice, elle a été en réalité bien plus mère que la sienne biologique. Obnubilée par sa carrière, celle-ci a laissé Adrien à la garde de sa mère. Dès lors, leur relation n'a jamais été au beau fixe, pour se rompre lorsqu'Adrien a fait son coming-out et qu'elle a accusé la grand-mère de celui-ci d'être responsable de son orientation sexuelle.

— Mathias, tu tiens le coup ?

Je crois que jamais Ava ne m'a parlé avec autant de gentillesse dans la voix. Nous ne nous sommes pas toujours très bien entendus tous les deux, surtout dernièrement.

— Allons-y qu'on en finisse, je déclare.

Si ma voix est plus rauque qu'à l'accoutumée, elle ne m'en fait pas la remarque.

— Tu aurais pu dire oui au champagne, reproche Ava une fois leurs commandes passées.

L'Ava-esprit – bon, c'est vraiment étrange de penser de cette façon, mais il faut bien que je les différencie – est passée rapidement sur la suite de la conversation à propos de la grand-mère d'Adrien, et j'en suis reconnaissant. Je ne manquerai de toute façon pas d'en parler avec lui une fois cette « aventure » passée.

— Est-ce comme ça que tu le vois ? Non pas comme une opportunité de te remettre en question, mais comme quelque chose à subir le temps que ça dure pour pouvoir retourner à ton quotidien comme si de rien n'était ?

Je me fige.

— Tu peux lire dans mes pensées ?

Ava hausse les épaules, garde son regard ancré dans le mien.

— Je suis en partie dans ta tête donc…

— D'accord, c'est bon, j'ai compris, je cède. Je… C'est beaucoup, et je n'ai pas eu le temps de le digérer encore. Alors, s'il te plaît, laisse la… la scène avancer avant que mon cerveau n'explose.

Mes poings serrés sont le seul moyen que j'ai trouvé pour contenir l'agitation et la tension qui m'habitent. Raison comme pensée logique me sont inutiles dans cette situation, et ajouté à tout le reste…

Ava soupire, mais acquiesce.

— Je n'ai pas déjeuné et il va bientôt falloir que je rentre – en voiture – faire à dîner, donc ce n'est pas une bonne idée, explique Adrien.

— Pendant la semaine ?

Je me pose la même question.

— Je me suis dit que Noël était une bonne occasion de m'y mettre.

— Pour tenter de vous rabibocher en dînant aux chandelles en tête à tête ?

— Il n'y a pas de–

— Ne me dis pas qu'il n'y a pas de problème entre vous, le coupe-t-elle. Il t'a félicité pour le contrat ?

Adrien secoue la tête, détourne son regard vers la fenêtre. Au-dehors, les passants tentent de rester debout malgré le verglas tandis que les parents font de leur mieux pour que leurs enfants ne deviennent pas eux-mêmes des authentiques bonshommes de neige.

La scène est baignée de jaune. Je remarque maintenant les nuances dorées en bordure de mon champ de vision qui signalent qu'il ne s'agit pas de la réalité.

— Je ne l'aurai qu'après le Nouvel An, finit par articuler Adrien. Et Mathias ne…

— Vas-y, dis-le, pousse Ava en serrant sa prise sur sa main.

— Il ne peut pas le faire puisqu'il n'en est pas courant, soupire-t-il.

Au courant de quoi, bon sang ?

Je m'étonne que la tasse à demi pleine n'ait pas encore éclaté dans ma poigne.

— Je… Je vais lui dire, se défend-il.

Ses yeux clairs affrontent à nouveau l'empathie dans ceux d'Ava.

— J'essaie de lui parler, mais il est très occupé… Je l'ai entendu mentionner à plusieurs reprises un contrat avec Hong Kong.

— Vous allez avoir beaucoup à fêter, alors ! s'exclame-t-elle d'un ton faussement enjoué. Il a enfin réussi à passer à l'international.

— De ce que j'ai compris, ce n'est pas encore fait.

— Mais vous vous parlez au moins ?

Le ton entre frustration et indignation d'Ava fait se retourner quelques visages inconnus aux tables alentour. Adrien se tend.

Silence.

La brune finit par soupirer, se laisse retomber contre le dossier de la banquette sans jamais lâcher Adrien.

— Si ça se trouve, il va partir à nouveau pendant des mois dans quelques jours et tu n'en es même pas au courant, siffle-t-elle.

— Non ! Adrien et moi clamons à l'unisson.

Mon pouls s'accélère, mon sang bout. Je déglutis pour tenter de chasser la boule d'épines dans ma gorge.

— Tu vois ça, la peur que tu ressens là ?

Ava pointe Adrien du doigt.

— Ce n'est pas normal. Tout comme le fait que ton premier

roman ait été accepté par la maison d'édition de tes rêves, et qu'il ne sache même pas que tu écris !

Quoi ?

Les scènes banales du dehors attirent à nouveau l'attention d'Adrien. Sa mâchoire tendue traduit cependant l'impact des paroles d'Ava.

— Qu'est-ce que vous vous dites quand vous discutez ? demande l'Ava assise près de moi. Dis-moi.

— Nous… Nous parlons du travail.

Même cela je n'en suis pas certain.

« Je ne peux pas. »

« Mange sans moi. »

Des reproches. Des refus.

Ma jambe tressaute.

Depuis quand ne sais-je plus lui parler sans que mon ton ne soit tranchant ?

Adrien se mord la lèvre. Ses doigts restent immobiles dans ceux d'Ava qui à son tour ne cesse de bouger.

— J'en avais un peu honte pendant l'écriture, confie-t-il. Je ne savais pas ce que ça valait et la dernière chose dont j'avais envie c'était qu'il se moque de moi.

Croyait-il vraiment que je le jugerais ?

Un roman, c'est des mois d'écriture et encore plus avant d'avoir une réponse de maison d'édition. Comment puis-je n'en avoir aucune idée ? Comment cela se fait-il que j'ignore quelque chose d'aussi important, d'aussi personnel, sur lui ? La thématique ? Je n'en ai pas la moindre idée, je n'imagine même pas ce qu'elle pourrait être.

Je pensais qu'Adrien aimait son travail.

Il y a tout un pan de mon mari que je ne connais pas.

— Tu crois que c'est une peur normale dans un couple ?

— Arrête, Ava, s'il te plaît. Je te vois rarement et chaque fois ça dérape.

— Quitte-le et ce ne sera plus un problème, lâche-t-elle comme si de rien n'était.

— Quoi ? Comment ose-t-elle ! j'explose.

— Ava…

À son attitude résignée face à la mienne d'indignation, je devine qu'il ne s'agit pas de la première fois que ce sujet est mis sur la table.

Ava carre les épaules, se racle la gorge. Son expression se fait plus dure.

— Bon, allez, on va rentrer dans le vif du sujet, parce que même si nous sommes là pour fêter, je sens que si tu n'en parles pas tu vas exploser. Et je risque de le faire aussi si je ne te secoue pas à son propos non plus.

— J'ai l'air sur le point d'exploser ?

— Pire que ça, rétorque Ava. Cet air déconfit sur ton visage ne peut pas y rester accroché ou tu vas devenir apathique et le laisser te drainer jusqu'à ta dernière goutte de vitalité. Alors, vas-y, plains-toi.

Elle écarte une main, bombe la poitrine.

Adrien soupire, secoue la tête. Il n'a clairement pas envie de se lancer dans cette conversation.

Je ne suis pas sûre de le vouloir non plus.

Pourtant, je suis incapable de détourner le regard. Une partie de moi n'attend que ça, de savoir. De cette façon, je saurai si ce que je crains est réellement inévitable.

— Il n'y a rien à dire, insiste-t-il.

— Commence par les repas que tu as mentionnés tout à l'heure. Tu as réussi à lui parler ? Il t'a ne serait-ce que complimenté pour tes efforts ? On sait tous les deux qu'aucun de vous deux n'est un as des fourneaux.

— Mathias a beaucoup de boulot en ce moment.

Il me défend encore.

— J'ai l'impression d'écouter un disque rayé, grommelle Ava. Là c'est ce contrat, mais avant c'était le lancement de l'entreprise et encore avant les horaires pas possibles avec le patron qui s'en servait comme d'un esclave et lui qui laissait faire parce qu'il estimait que c'était le minimum. Après, ce sera une opportunité avec Singapour ou les États-Unis, ou Mars, et tu diras « Encore un peu à tenir et il me reviendra ».

— Ce n'est pas…

Elle garde le silence, le laisse mariner jusqu'à ce qu'il n'en puisse plus. Adrien est comme ça. Si on lui met la pression, c'est la bonne façon de le braquer. Il est quelqu'un qui a besoin d'espace pour formuler ses pensées.

Un nouveau regard vers les familles et les rires à l'extérieur est tout ce qu'il faut pour qu'il craque.

— D'accord, je reconnais, souffle-t-il. Mathias n'a rien dit. Mais il a mangé, n'est-ce pas une bonne chose ?

— Tu places la barre bien bas. Je suis même surprise qu'il ne passe pas Noël avec sa cruche de secrétaire.

— Il n'est pas comme ça. Ils ne travaillent pas les jours fériés.

— Le patron parfait ton chéri, hein ? Si seulement il était aussi bon mari.

Adrien ignore sa remarque.

— Les fêtes sont pour être passées en famille, souligne-t-il. Et nous sommes celle l'un de l'autre.

Bien plus qu'un couple, une famille.

Comment ai-je pu lui dire ces choses horribles après le décès de papa ? Le deuil a le don de nous… dérégler. Nous ne sommes plus nous-mêmes mais subissons le pire, le plus détestable, le plus petit, le plus archaïque qu'il y a en nous.

— Merci, je le prends à cœur, réplique Ava, lèvres pincées en une moue exagérée.

Les pouces d'Adrien caressent le dos de ses mains.

— Tu sais que tu es comme une sœur pour moi. Mais tu as *ta* famille avec qui fêter.

— Tu pourrais venir avec moi, offre-t-elle aussitôt. Tu es toujours le bienvenu chez mes parents.

— Je sais.

Son sourire, bien que minime, est sincère.

— Embrasse-les pour moi.

— Je n'y manquerai pas. Tu devrais venir un jour avec Mathias. Maman ne manquera pas de lui tirer les oreilles et papa lui montrera ce qu'est un vrai mari.

— Ava…

— Quoi ? s'indigne-t-elle. Tiens, on va faire un test. Je parie que si tu l'appelles là, maintenant, il ne répondra pas.

— Bien entendu, il travaille.

— Et si c'était une urgence ?

Silence.

Mon portable est toujours en mode vibreur. Je l'aurais senti s'il m'avait contacté.

— D'accord, mais j'appelle sa secrétaire pour être sûr de ne pas le déranger.

— Encore mieux ! Cette garce ne te le passe jamais.

La tonalité se fait déjà attendre et seul le regard de reproche d'Adrien lui répond.

Je ne sais pas comment c'est possible, mais je parviens à entendre la conversation comme si la scène devant moi se déroulait dans un film. Et le moins que l'on puisse dire, c'est que je n'apprécie pas le ton que Sarah prend avec celui qu'elle sait être mon mari.

— Mathias est occupé avec un dossier très important.

Je serre les dents. Cette familiarité qu'elle adopte me déconcerte.

— Ce n'est pas grave, tant pis. Dites-lui que j'ai appelé, s'il vous plaît.

Mes lèvres s'entrouvrent pour protester, mais aucun son n'en sort.

Sarah ne m'a rapporté aucune tentative de me joindre.

Il aurait pu insister…

— Je suis certaine que même si tu insistais en précisant qu'il s'agissait d'une urgence elle ne te le passerait pas, persiste Ava.

Adrien s'abstient de répondre.

Il pense la même chose.

— Je suppose que tu ne lui as pas parlé de ça, non plus ?

Il pince les lèvres, détourne le regard.

Ava lâche ses mains.

— Vas-y, envoie-lui un message pour lui demander s'il veut nous rejoindre après le travail.

Il baisse la tête, épaules voûtées.

— Il est épuisé en fin de journée…

— Vas-y, fais-le pour moi.

Adrien soupire mais reprend son portable d'un geste las.

— Impossible, je proteste. Il ne m'a rien envoyé, je n'ai rien reçu.

— Vérifie, enjoint l'esprit.

Je plonge la main dans la poche de mon pantalon de pyjama et suis surpris d'y trouver mon téléphone. Aussitôt, un sourire arque mes lèvres et je le tends à Ava.

— Tu vois, il n'y a aucune notification !

Elle croise les bras, lève un sourcil.

— Va directement dans tes messages.

Mon pouls s'emballe, mon sourire se désagrège. La bulle indiquant un SMS non lu est bien là.

J'avais effacé la notification sans prendre la peine de lire.

— Qu'est-ce qu'on fait maintenant ? demande Adrien d'un ton faussement enjoué. Il n'a pas à répondre immédiatement.

— Adrien…

— Il est au travail, c'est normal.

Il renifle et regarde par la fenêtre pour mettre fin à la conversation, portable toujours serré dans son poing. Ava le laisse, remue en boucle son cappuccino à peine touché.

— Tu as raison, reprend-il après un long moment de silence. Parfois, j'ai l'impression de vivre avec un colocataire et non mon mari. Notre maison est devenue un hôtel et chaque jour est la copie conforme du précédent. Ce sont les petites choses comme les grandes. Il me regarde à peine, et lorsqu'il le fait, c'est avec cette… noirceur… comme si ma présence le dérangeait.

Sa voix ne s'exalte pas, reste basse et lente. Il en émane une tristesse palpable qui me tord les tripes.

Mon amour…

— Et puis, le temps passe et j'ai cette envie omniprésente de… Je croyais qu'à cet âge on serait déjà pères, et on n'a encore entamé aucune démarche alors que ces choses-là prennent du temps, surtout si on veut adopter. Encore un sujet que j'ignore comment aborder. Je ne dis pas que ce serait le bon moment pour le faire vu comment sont les choses entre nous, mais… j'y pense. C'est une chose de plus, tu comprends ? Et est-ce qu'il en a ne serait-ce qu'envie ? D'avoir des enfants avec moi ? Est-ce qu'il ne serait-ce que se souvient de cette conversation lors de notre première rencontre ?

Bien sûr que je m'en souviens. Pratiquement chaque mot.

Lors de la soirée de notre rencontre au speed-dating de Saint-Valentin, la thématique des enfants faisait partie du questionnaire que nous devions suivre pour apprendre à nous connaître et supposément tester notre compatibilité. Tous deux étions d'accord sur notre envie d'avoir un jour des enfants et emprunter la voie de l'adoption. En sauver d'une vie sans l'amour de parents qui auraient souhaité de tout leur cœur qu'ils fassent partie des leurs.

Ils méritent d'être choisis, que la décision soit réfléchie. L'idée que le processus soit évalué et teste notre résilience n'est qu'un bonus à nos yeux. La décision ne peut être prise à la légère. Tout enfant a le droit d'avoir une famille et de se sentir aimé pour qui il est. Il y a assez de souffrance dans le monde comme ça. Ni Adrien ni moi ne voulons que les enfants que nous aurons aient à questionner notre amour pour eux, comme nous avons pu le faire.

— Bien sûr qu'il s'en souvient, conteste Ava. Il n'est pas comme ça.

— Tu le défends maintenant ?

— Je suis là pour m'assurer que tu évacues tes préoccupations et ta frustration et t'aider à voir raison ; pas pour te conforter dans tes illusions, que ce soit dans un sens ou dans l'autre.

Adrien se mord la lèvre, fixe leurs mains.

— Je ne sais plus quoi faire pour arranger les choses, avoue-t-il dans un murmure.

C'est comme si un marteau me tapait sur la tête à chacun de ses mots et m'enfonçait de plus en plus dans les cendres de la culpabilité.

— Ça fait des mois que ça dure, voire plus, rappelle Ava. Il faudrait peut-être se rendre à l'évidence, surtout s'il ne veut rien entendre pour tenter de résoudre la situation.

Adrien prend une longue inspiration tremblante.

— C'est peut-être cliché, mais avec notre rendez-vous à son retour de Singapour, notre mariage a été la plus belle journée de ma vie. On se connaissait comme deux âmes sœurs. Il a toujours été là pour moi, tout comme j'aime à croire que j'ai toujours été là pour lui.

— Jusqu'à maintenant.

Il se frotte les yeux.

— La situation dans laquelle vous vous trouvez, le fait qu'il t'ignore tout le temps, inclus quand tu essaies de lui parler ; le fait qu'il ne soit pas au courant pour ton roman et pour ta grand-mère... Tu veux que je continue ?

Silence à nouveau.

— C'est aussi que... Je ne sais pas, j'ai l'impression que... Parfois, c'est comme s'il avait peur de moi. Quelque chose dans son regard, dans sa façon d'éviter le mien...

— C'est ton imagination, ton esprit créatif qui parle, rejette-t-elle. Pourquoi aurait-il peur de toi ?

C'est ça !

Je me redresse, pointe dans sa direction tout en luttant contre le besoin de le toucher.

Il me comprend, il me voit.

Mon cœur hésite entre exaltation et se briser pour de bon.

Je ne te mérite pas.

Peut-être que la fin ne serait pas une si mauvaise chose. Mais je suis trop égoïste. Je le veux pour moi. Or, je sais. Je sais que pour le garder il va falloir lutter.

Suis-je prêt à le faire ? Et comment ?

— C'est difficile à expliquer, tente-t-il.

Ava reprend ses mains dans les siennes.

— Adrien. Tu sais que j'apprécie Mathias... la plupart du temps. Mais il faut que tu arrêtes de lui trouver des excuses. Ça ne peut pas continuer ainsi. Te voir comme ça me brise le cœur. Tu n'es pas heureux. Tu ne l'es plus.

— Il ne l'est pas non plus, tonne-t-il.

— Tu as fait de ton mieux, insiste Ava. Ce n'est pas à toi de prendre sur ton dos la responsabilité de son bonheur. Surtout pas tout seul.

— Mais ce n'est pas tout le temps comme ça. Les dernières vacances ont été un rêve. J'ai eu l'impression de nous retrouver.

— Rappelle-moi combien de temps il a tenu sans appeler sa secrétaire ?

— Tu sais à quel point c'est important pour lui, notamment à cause de son père.

Entendre Adrien mentionner mon père… Ça fait combien de temps que nous n'avons pas parlé de lui ensemble ? Il est cette ombre qui me poursuit et guide mes actions, mais qu'en même temps je fuis en permanence sans le voir.

— Et sa détermination est l'une des choses qui m'ont fait tomber amoureux de lui, poursuit Adrien. Il est travailleur, dévoué, se bat pour ce qu'il veut.

— Mais pas en ce qui te concerne.

Adrien hausse les épaules, la commissure de ses lèvres tressaute.

— Je suppose qu'il a fait son choix. Je croyais qu'on avait trouvé un équilibre, mais depuis le décès de son père…

Il fait des efforts pour me comprendre tandis que moi je m'accroche à mes œillères et ne fais que le blesser.

Le voir me complimenter de la sorte ne fait pas plaisir comme ça le devrait. Ça ne fait qu'enfoncer le clou dans mon cœur. Ça fait combien de temps que je ne lui en ai pas fait ? Que je n'ai pas pris le temps d'apprécier consciemment sa présence, vénérer son corps, même ?

— Je ne veux pas le couper dans son élan. Je suis extrêmement fier de lui.

— Personne ne lui demande ça ! s'emporte Ava. Mais regarde-moi : je suis parfaitement intégrée dans ma carrière et je continue d'avoir une vie sociale et privée.

— Tu es toujours célibataire.

— Mon homme idéal ne l'est pas… pour l'instant, provoque

Ava avec un clin d'œil.

Adrien lève les yeux au ciel.

— Moi je dirais que je suis davantage son mari que tu ne l'es toi, intervient l'esprit.

Mon corps est si crispé que mes dents grincent tandis que ma respiration traverse bruyamment mon nez.

Je sais qu'Adrien est certain de son orientation sexuelle depuis des années, mais cette pique touche sa cible de plus d'une façon. Ava est son ex, après tout. Tous deux sont amis depuis l'enfance et se connaissent mieux que personne, d'une façon différente de lui et moi. C'est avec elle qu'il a découvert qui il était et s'est assumé. Leur relation a été construite sur des bases robustes et n'a fait que se solidifier avec les années, tandis que la nôtre attend de devenir des ruines.

Ils se parlent sans filtres et sont capables de comprendre et anticiper les besoins l'un de l'autre. J'ai toujours été jaloux d'elle pour ces raisons. Je n'ai jamais pu le cacher, non plus. Ça amuse Adrien, et honnêtement, je pense qu'Ava aussi.

Fait est que cela cache des insécurités de ma part. Les voir là ensemble de cette façon vient les accentuer. Face à elle, est-ce que je vaux vraiment la peine ?

— Surtout, les hommes ne sont pas un besoin essentiel, poursuit Ava.

Sa réplique parvient à arracher à Adrien un bref éclat de rire.

— C'est vrai.

Pendant de longues secondes, seul le brouhaha familier de ce genre d'endroits résonne. Par moments, la clochette à l'entrée annonce l'arrivée de nouveaux clients qui fuient le froid en quête d'une boisson qui saura les réchauffer.

— C'est valable aussi en ce qui te concerne, reprend Ava sur un ton solennel.

— Je ne vais pas le quitter, défend Adrien.

— Chaque fois que tu prononces ces mots, ta voix perd un peu plus en assurance.

Ses dents jouent avec sa lèvre, son regard fixe l'espace entre leurs tasses à présent vides.

— À ce point-là ? Il pense vraiment à divorcer ?

Je reconnais à peine ma voix tellement elle est enrouée. Mon sang me paraît aussi glacé que l'air au-dehors. Pourtant, mes mains sont moites, mes vêtements collent à mon corps et ma gorge est serrée face à cette perspective qui semble pour Adrien une possibilité.

— Qu'est-ce qu'il raconte ? je proteste. Nous sommes censés être toujours là l'un pour l'autre, non ? Il… Il est censé être toujours là. Il me l'a promis le jour de notre mariage.

— Qui a brisé cette promesse en premier ? questionne l'esprit.

Tandis que j'observe sa posture qui peine à tenir droite, le séisme me frappe.

Je l'ai tenu pour acquis. Je m'attendais à ce qu'il soit toujours présent dans ma vie, étais persuadé que sa présence était immuable.

Je suis un putain d'égoïste.

Il est mon ancre, mon point fixe. Cependant, Adrien n'est pas un objet arrimé qui dépend de ma volonté pour être détaché. Il est une personne capable de partir par ses propres moyens. S'il est malheureux, il s'en ira. Avec raison.

Ce n'est pas la personne que j'ai envie d'être. J'aime à croire qu'il ne s'agit pas de celle que je suis au fond de moi. J'ai été meilleur, mais ai laissé le deuil obscurcir ma vue. Adrien en a assez souffert. J'en ai assez souffert. Je n'ai pas su remonter la pente seul et ai refusé sa main tendue.

« Je l'ai toujours considéré comme ton ancre, la personne qui te maintiendrait sur terre lorsque tu partirais trop dans les hauteurs de ton ambition, qui te montrerait que la valeur ne se gagne pas avec l'argent ni la reconnaissance, mais par le cœur. Je te l'ai dit avant de partir, de t'accrocher à lui. »

Je suis désolé, papa.

« Tu ne vois pas le mal que tu te fais, que tu vous fais. Il faut que tu ouvres les yeux, avant qu'il ne soit trop tard. »

Tant qu'il y a quelque chose à sauver.

Honorer mon père passe par m'honorer moi et la vie qu'il m'a permis d'avoir. C'est ainsi que je le rendrai fier et louerai ses sacrifices. J'en ai assez faits de mon côté, au point où j'ai traîné l'homme que j'aime dans mon sillage. En tentant de fuir mes démons, le fantôme de ma mère et la douleur de la perte de mon père, je les ai absorbés de la mauvaise manière.

Je deviens comme elle.

Le choc me laisse bouche bée. Pourtant, difficile de fuir la réalité : elle a délaissé sa famille au profit d'autre chose sans jamais refermer le chapitre, et en cela elle nous a fait davantage souffrir que si elle avait assumé ses choix. Nos motivations sont différentes, mais la conclusion est la même : poursuivre quelque chose sans affronter nos peurs nous amène à y être confrontés de la pire des façons.

Je me prends claque sur claque.

— Je ne *veux pas* le quitter. Je voudrais juste retrouver une vie de couple.

Ses joues s'empourprent.

— Dans tous les sens du terme, pas que celui-là, précise-t-il.

— Ça fait combien de temps que vous n'avez pas baisé ? demande Ava comme s'il s'agissait de n'importe quel sujet banal.

— Hé !

— Quoi ? Avec tout ce que tu me dis – et ça ne date pas d'hier – je pense que je suis en droit en tant qu'amie de te poser la question.

Silence, Adrien ancre son regard au sol.

Je sens le feu me monter aux joues. Mes yeux retracent son corps, de ses bottes de sécurité à ses cheveux qui frôlent ses épaules carrées en passant par ses jambes musclées galbées dans son jean clair.

— Tes cheveux sont drôlement longs, d'ailleurs, remarque Ava l'air de rien. Ça te va bien. On dirait davantage le toi jeune et rebelle d'il y a quelques années. Mauvaise mine mais de beaux cheveux, ça compense… presque.

Adrien laisse échapper un rire qui se meurt aussitôt. L'image reste imprimée dans mes rétines. Je ne l'ai pas vu vraiment sourire ou rire depuis… je ne me souviens même pas. Je ne suis même pas certain que j'en ai été à l'origine.

Un froid glacial prend possession de mes veines.

— Hum… Merci.

Il est clairement perturbé par le changement brusque de sujet, mais Ava revient vite à la charge.

— Qu'est-ce qu'il en pense, *l'Autre* ?

— Je ne sais pas, je ne suis pas certain qu'il l'ait remarqué.

Sa réponse a été immédiate, comme s'il souhaitait en parler depuis longtemps.

Si, j'avais…

Adrien avait les cheveux plus longs lors de notre rencontre, puis les a coupés. Ils ont été la première chose que j'ai remarquée et qui m'a attiré chez lui.

— Tu as toujours aimé le voir avec les cheveux longs, non ? remarque l'esprit, sourcil levé.

Est-ce que…

— Vraiment ? interjette Ava. Mais il te regarde au moins ?

— Je me pose la question parfois.

J'encaisse le coup. Je reconnais que dernièrement son regard me… fait peur, comme il l'a si bien remarqué. C'est que… Ses émotions s'y cachent, et pas si profondément. Les affronter signifie souffrance, et souffrance est synonyme de fin.

Pourtant, je n'ai jamais cessé de l'admirer.

Adrien ne dit rien pendant longtemps, puis baisse la tête et passe la langue sur ses lèvres.

— C'est aussi pour ça que je les laisse pousser, avoue-t-il dans un souffle, tout juste assez fort pour être compris.

Comme s'il s'agissait d'une honte.

Non, cette dernière ne retombe que sur moi.

— J'ai arrêté de les couper avant les vacances. Je m'étais dit que peut-être il aurait à nouveau envie de moi. Ça a eu l'air de fonctionner au début. Cette croisière… On n'avait pas été comme ça depuis des mois.

Il pouffe, un son laid et amer.

— Pathétique, hein ?

— Adrien…

Ava serre sa main.

— Ça a assez duré, tu ne trouves pas ? conclut-elle. Ne vaudrait-il pas mieux que vous vous sépariez ? Déjà que tu n'arrives pas à lui parler. Peut-être qu'il comprendrait au moins comme ça, si tu le mettais au pied du mur.

— Non ! je hurle.

La réaction d'Adrien est bien plus contenue.

— J'ai encore espoir, murmure-t-il.

Comment ? Ce n'est pas… Tu ne peux pas…

— Très bien, attends le Nouvel An, concède Ava.

Elle lâche l'une des mains d'Adrien pour le pointer de son index.

— Mais à la Saint-Valentin, je ne veux plus te voir comme ça. Ça fait des mois – non, des années – que ça dure. Chaque fois je te crois quand tu reviens tout joyeux comme à la fin de l'été et réitères que c'est l'homme de ta vie. Cependant, de courts moments de joie inconstants valent-ils le coup face à des mois de tristesse ?

La scène tangue comme lorsqu'on jette une pierre dans une eau calme. Soudain, je me retrouve seul avec Ava-esprit dans un néant strié d'or sans avoir le temps de voir l'effet de ces mots sur Adrien – et ce n'est pas plus mal.

Pas sûr que mon cœur puisse les endurer.

Peut-être que ce serait mérité.

— Merci de m'avoir sorti de là, je murmure.

Ma voix semble aussi à bout que moi.

Or, ce n'est pas terminé.

— Ne te réjouis pas si vite. J'ai une dernière chose à te montrer.

NUIT 2

Renouement

Je me réveille en nage. Mes vêtements me collent au corps, les gouttes de sueur parcourent mon cou ainsi que mon front en laissant une traînée brûlante derrière elles. Mon souffle altéré peine à me suffire. Mes poings agrippent les draps à m'en faire mal pour tenter d'éloigner cette dernière image.

Non. Non, je l'aurais remarqué depuis.

Ma raison bataille avec mon esprit malmené par ces révélations en chaîne. Je ne sais plus quoi croire. C'est impossible que j'aie raté tant de choses.

Pas vrai ?

Je dois m'en assurer.

Je dégage les couvertures d'un geste sec et me tourne vers Adrien qui me fait face. Je distingue à peine ses traits. Une partie de moi souhaite demeurer en sécurité derrière l'abri qu'offre l'obscurité, mais j'ai besoin de voir.

Je me détourne un instant pour allumer la lampe de chevet, et quand je lui refais face, ses yeux boursouflés sont fixés sur moi. Il renifle et se racle la gorge.

— Tout va bien ?

Je distingue sur ses traits les traces d'épuisement et de tristesse qu'il traîne avec lui depuis je ne sais combien de temps.

Je devrais le savoir.

Ces cernes, sa pâleur. Mais aussi la longueur de ses cheveux, signe de plus de son amour pour moi.

Appuyé sur un coude, cœur cognant contre ma poitrine, je lève ma main libre pour aller à leur rencontre. Ils glissent entre mes doigts tels des fils de soie.

L'incompréhension sur son visage face à mon geste rajoute du poids dans mon ventre.

— Tu les as lavés hier soir, remarque ma voix enrouée.

Il est clair à présent par l'odeur boisée qui imprègne les draps et oreillers, et que je n'avais pas remarquée plus tôt. Elle embaume l'air autour de nous, nous enferme dans un délicieux cocon.

Les plis sur son front s'accentuent, creusent la ride entre ses sourcils. J'y amène mon pouce pour la lisser et masser en même temps ses muscles tendus.

Adrien ne se crispe pas, me laisse faire en pleine confiance. Il lève à son tour une main pour la poser au centre de ma poitrine. Ses lèvres s'entrouvrent, laissent échapper un son étouffé avant de recommencer.

— Pourquoi ton cœur tape aussi fort ? murmure-t-il.

Plongé dans le lagon de son regard, je me laisse submerger par tous ces sentiments et émotions que j'ai trop peur de démêler. Les excuses sont coincées quelque part dans ma gorge. Je me sens trop aimé en cet instant. Et la seule chose qui ressort du sac de nœuds qu'est mon esprit est que je ne le mérite pas.

Alors je saute.

Mes doigts s'accrochent à sa nuque tandis que d'un mouvement maladroit je m'installe à cheval sur ses cuisses et fusionne nos bouches. Un son de surprise se perd entre elles, se noie dans mon gémissement.

Immédiatement, ses mains plongent à l'arrière de mon pantalon, puis glissent sur mon dos trempé avant de redescendre, guidées par ses ongles. Un frisson violent agite mon corps. Je me bats pour rester amarré à ses lèvres par peur de ce qui pourrait franchir les miennes.

— Permets-moi ?

— Toujours, souffle-t-il.

Je démêle avec précaution mes doigts de ses cheveux et m'en sers pour parcourir ses traits. La douceur de sa peau qui se transforme en rugosité au niveau de sa mâchoire et à l'approche de ses lèvres envoie des décharges de vie dans mon bras jusqu'à ma poitrine. Ses yeux brillants de reste de sommeil et d'excitation ne lâchent pas les miens.

Je vais te faire l'amour comme je ne l'ai pas fait depuis longtemps.

Il me laisse l'explorer. Comme toujours à me laisser mener, choisir le rythme.

Tu as tellement de chance.

Non. L'instant présent. Mon objectif.

L'une de mes mains parcourt sa pomme d'Adam, le creux de sa gorge qui se meut sous mon contact, puis accroche le col de son t-shirt et se pose enfin sur son cœur.

Il m'appelle encore.

Ma main descend d'une poignée de centimètres. Le tissu doux me caresse lorsque de la pulpe du doigt je trace un dessin, guidé par l'image gravée dans mon esprit.

Son souffle se bloque.

— Mat…

Je me redresse et agrippe la bordure de coton. Une demande, une supplique.

Adrien hoche la tête, je lui retire son vêtement et… je perds le courage.

Ma bouche atterrit sur la sienne avec trop de force. Nos dents s'entrechoquent, nos nez s'écrasent l'un contre l'autre. Tout de suite, ma langue vient adoucir l'attaque.

Adrien gémit tandis que j'explore sa bouche comme s'il s'agissait de notre première fois. Son corps ondule contre le mien, quémande plus. Peut-être aussi s'est-il habitué à des étreintes empressées dans le noir pour assouvir nos pulsions, tenter de chasser le malaise et briser les barrières.

Je commence à croire qu'elles ne sont que dans ma tête.

Pour les mettre à bas, il faut juste oser.

Mes paupières sont closes avec autant de force que possible, mes doigts crispés sur l'oreiller de côté et d'autre de la tête d'Adrien pour éviter de lui faire mal.

Si j'ouvre les yeux et que c'est là…

Il tourne la tête pour avaler de larges goulées d'air et je panique. Mes dents s'accrochent à son cou, ma main descend sur son ventre…

— Moi aussi, attends.

Quand sa paume frôle mon érection tout juste naissante, je l'arrête. La dernière chose que je souhaite c'est qu'il pense que je n'ai pas envie de lui.

Je tire mon visage de son cou et me force à me concentrer sur ses yeux. Il me scrute d'un air interrogateur, mais se garde de demander quoi que ce soit. Me laisse venir à lui.

Bon sang. Suis-je si minable ?

Pourtant, même plongé dans son âme qui m'apparaît plus clairement que jamais, je le vois. À la périphérie de mon champ de vision, impossible de le louper maintenant que j'ai la confirmation de son existence.

Une vague de tourment me submerge. J'aimerais croire que je suis cette personne qui telle une mouette flotte en toute confiance au sommet des vagues… mais je ne le suis pas.

Même comme ça, la demande de pardon ne franchit pas mes lèvres. J'ignore par où commencer.

Mes muscles ont pris vingt kilos et autant d'années chacun. Mon squelette me paraît plus fragile que la plus fine des porcelaines de Chine. Pourtant, je me laisse tomber sur mes coudes placés de part et d'autre de son torse constellé d'autant de preuves de sa beauté. Mes lèvres aimeraient embrasser son cœur, mais se contentent de la peau qui recouvre son sternum.

Mon nez continue de cheminer jusqu'à ses côtes, juste sous son téton, puis à la limite de son flanc, encore sous son pectoral. Mon souffle éveille la chair de poule par où je passe. Le sentir tout près de cette façon, les altérations les plus légères de son souffle, le moindre de ses mouvements et spasmes, rallume des étincelles de vie dans mes veines. Un peu comme si j'étais une de ses guirlandes lumineuses qui servent à décorer les maisons et sapins de Noël et dont certaines ampoules se sont éteintes à la suite de mois de négligence alors que nous croyions qu'elles seraient en parfait état une fois qu'on retournerait vers elles.

Ou plutôt, Adrien est ces lumières, et je suis l'imbécile qui tente de rallumer celles éteintes par ma faute.

À cet instant précis, je me sens davantage en faire qu'un avec lui que la plupart des fois où je me suis retrouvé en lui.

Mon front heurte son pectoral. Même maintenant que je l'ai juste sous mes yeux, une partie de moi refuse de le voir, de reconnaître son existence.

Pourquoi ? ai-je envie de demander. La peur d'une réponse qui serait en total contraste avec qui je suis devenu me maintenant dans le silence. Son amour pour celui que j'étais et crains de ne plus parvenir à être est le plus vicieux des supplices.

J'observe le dessin de si près que je louche. Or, je sais déjà à quoi il ressemble. « Ava » me l'a montré.

Ce n'est qu'un faux sens de sécurité.

Allez, un peu de courage pour une fois.

Je mérite la claque après tout.

Mon hésitation me rappelle notre baiser à mon retour de Singapour. Ce n'est pas une question de plongeon dans l'inconnu – du moins pas en ce qui concerne l'acte en lui-même – mais de faire face au changement imminent que ce pas représente, à ce qu'il signifie.

Plus d'excuses. Pas de retour en arrière possible.

Adrien frissonne. Une goutte a heurté sa peau tiède sous mes yeux. Pris par le moment, je ne me suis pas aperçu des larmes formées aux coins de ceux-ci. Le poids qu'elles portent est si lourd qu'elles ne peuvent faire autrement que tomber.

— Regarde-moi, Mat. Ce n'est rien.

Adrien prend mon visage en coupe et essuie mes joues de ces pouces en un geste bien trop délicat. Tout du long, cette expression d'incompréhension désormais mêlée d'inquiétude ne quitte pas son visage.

— Il s'est passé quelque chose au boulot ?

Un éclat de rire amer me tord les entrailles.

— Tu as fait un cauchemar ?

Je crains qu'il ne se transforme en réalité plus tôt que prévu. *Que faire ?*

Je ne réponds rien. Une réplique sèche et agacée en résulterait, sève de cette mauvaise herbe qui habite toujours ma trachée.

Mon regard retourne au tatouage que je retrace d'un ongle. Adrien étouffe un mélange entre rire et gémissement lorsque j'en arrive à la courbure de l'arc sur ses côtes. Cupidon, la Saint-Valentin, notre rencontre et notre mariage. Mais aussi moi, mon signe astrologique, la combativité qu'il voit en moi, le regard vers l'avant. Et puis ce petit élément, ce mot « Amour » en mandarin qui signifie tellement. Qu'il accepte celui que je suis, ce que j'aime, qu'il me soutient. Et le plus important : qu'il m'aime.

— Comment tu… ?

— Merci, je bafouille avant de l'embrasser à nouveau.

Cette fois, plus question de perdre de temps. Cette agitation en moi demande à sortir, ma gratitude et mon amour à s'exprimer.

Je vise directement son point faible, juste au-dessus de l'os de sa hanche, et l'attaque en l'effleurant de mes ongles.

— Ah !

Son cri provoque un raz-de-marée en moi, ma respiration se fait haletante.

Un filet de salive relie toujours nos bouches. Je m'empresse de le capturer d'un mouvement circulaire de la langue avant de repartir en quête de la sienne. Le baiser est mouillé et brûlant comme nos peaux là où nos torses frottent l'un contre l'autre.

— Mat, bredouille-t-il entre deux baisers.

Je prends pitié de sa respiration et descends sur son corps. Mes doigts partent effectuer des cercles lents autour de son nombril, reflet de ce que je m'apprête à faire plus bas.

Je lève les yeux et me délecte de ses mèches qui colorent l'oreiller de leurs reflets dorés, de son menton relevé, de sa gorge picorée d'une barbe courte, de ses pectoraux rougis, de cette énième preuve de son amour pour moi.

Il serait temps de retourner l'ascenseur.

C'est ça le vrai rêve. Celui que nous vivons éveillés, où nous nous émerveillons de ce qui se trouve autour, et surtout *auprès* de nous.

Les hanches d'Adrien se lèvent à la rencontre de mon visage. Je sens un sourire sincère étirer mes lèvres et le cache sans trop savoir pourquoi dans la ligne de poils roux sous son nombril.

— Quoi ? grommelle-t-il. Retire-nous ces fichus vêtements. Ils devraient déjà être de lointains souvenirs.

Je me délecte de son expression ravie, de la façon dont il joue avec moi.

— Ou tu comptes rejouer l'une de nos scènes mémorables ?

Son ton taquin réchauffe ma poitrine tandis que les images de nos séances de frottage assaillent mon esprit. Tous deux trop impatients d'envoyer l'autre au septième ciel, je ne compte pas le nombre de fois où nous n'avons pas attendu de nous retrouver nus pour ce faire. C'est un peu notre truc à nous. Une manière de plus de montrer à quel point nous avons envie l'un de l'autre.

— La prochaine fois.

C'est une promesse.

Ses paupières papillonnent. Adrien acquiesce et se laisse retomber contre le matelas. Alors, je m'empresse de faire disparaître les dernières barrières physiques entre nous dans l'espoir d'endommager les psychiques.

JOUR 3

24 décembre

Le réveil est doux ce matin. Lorsque la sonnerie retentit, Adrien rêve paisiblement dans mes bras. Je suis incapable de me rappeler la dernière fois où nous avons dormi dans cette position.

Je jurerais sentir le relief du tatouage contre mon flanc tellement il est gravé dans ma mémoire, sur la pulpe de mes doigts. J'ai passé des heures à le caresser cette nuit, jusqu'à ce qu'Adrien sature des sensations éprouvées et lance un second round.

Au lieu de me lever tout de suite, j'allume la radio. Les plus grands classiques de Noël qui défilent me remémorent quel jour nous sommes et nourrissent ma réflexion. Les idées fusent pour inverser la vapeur et montrer à Adrien combien je l'aime.

Sarah comme le reste des employés est en repos aujourd'hui et jusqu'au vingt-six inclus. Cependant, j'avais prévu de passer la journée au bureau à retravailler la proposition pour Hong Kong pour la énième fois.

Mais changement de plan.

Adrien se prélasse, prend une profonde inspiration contre ma peau et laisse échapper un long soupir d'aise.

— Tu es encore là ? demande-t-il d'une voix enrouée.

J'entremêle nos doigts, caresse les aspérités de sa peau à cet endroit.

— Je lézarde.

— Toi ? lâche-t-il dans un rire.

Pour toute réplique, je mords le bout de son index. Il tape gentiment mon torse.

— Vas-y, file.

— Maintenant c'est toi qui me presses de partir ? je proteste.

— Je te connais. Tu vas finir par regretter ou m'en vouloir ou être grincheux si tu tardes trop.

L'ambiance joyeuse de cette veille de Noël perd de ses couleurs.

Et je ne sais comment les raviver.

— Tu as probablement raison.

Son expression demeure inchangée. Son sourire en coin est toujours là, son regard lumineux en dépit du réveil matinal. Comme si ce bref moment lui suffisait alors que je désire passer la journée entière dans son étreinte.

Voici ce à quoi tu l'as habitué.

Dans un effort pour rompre dès maintenant ce cycle, je dépose un doux baiser sur ses lèvres.

— Bonne journée, je lance avec maladresse.

Ses yeux s'arrondissent, deviennent humides.

Je ne peux pas voir ça.

Les mains tremblantes, je force un sourire puis me lève en direction de la salle de bain du couloir. Une fois la porte close, je prends un instant pour reprendre mes esprits.

Depuis quand suis-je incapable d'avoir une interaction normale avec mon mari ? Pourquoi chaque mot doit être calculé, chaque geste justifié ? Depuis quand s'est-il habitué à anticiper mes réactions d'une façon si… défensive ? Comme s'il devait se protéger de moi ?

La réponse est sous mes yeux.

Autour de l'évier, une brosse à dents, un parfum, un rasoir, un après-rasage. Une serviette pend près de la cabine dans laquelle un shampoing et un gel douche peinent à occuper la petite étagère d'angle.

Alors que chaque élément devrait être présent en deux exemplaires, il n'y en a qu'un.

Alors que les fragrances de nos parfums devraient se mélanger dans l'air, seul le mien l'imprègne.

J'ai pris l'habitude de me préparer dans cette salle de bain pour ne pas déranger Adrien aux aurores, même lorsque je ne travaille pas. Lui utilise celle de la dénommée suite parentale qui ne porte en fait aucune trace de notre couple.

Comme si nous faisions vie à part.

Adrien s'immobilise à peine passée la porte d'entrée. Son regard étudie la pièce, les décorations que j'ai rajoutées dignes de l'antre du père Noël lui-même, le village monté au pied du sapin avec son propre marché et sa grande roue, les montagnes de paquets que je me suis battu toute la journée pour collecter alors que les magasins débordaient de retardataires comme moi en quête du cadeau parfait.

Je pense l'avoir trouvé, mais il ne se trouve pas près des autres.

Depuis la cuisine, je l'observe s'attarder sur chaque paquet, chaque nouvelle guirlande, chaque villageois. L'exaltation monte en moi. Son sourire aveuglant est tout ce que j'attends.

L'appréhension commence à poindre, mais je refuse de me laisser abattre. Il n'est simplement plus habitué à ce que je fasse ce genre de déclaration par les gestes – ou d'aucune façon, d'ailleurs.

Je m'approche de lui d'un pas décidé. Mes doigts s'immiscent sous son manteau pour le lui retirer et révéler ses vêtements de travail déchirés par endroits et tachés de poussière par d'autres. Ses cheveux attachés sans réelle attention se sont rebellés et retombent par mèches fines sur son visage.

À aucun moment son regard ne se pose sur moi.

— Viens, j'enjoins. J'ai préparé – ou plutôt commandé – à dîner.

Le restaurant le plus cher et le plus prisé de la ville. Aussi, ses pâtes préférées. Sans compter la bouteille de champagne qui nous attend dans le réfrigérateur. Je porte également mon plus beau pull en cachemire, celui qu'il m'a offert pour Noël il y a deux ans juste avant que papa…

— J'aimerais prendre une douche avant.

— C'est bon, pas besoin, tu es bien comme tu es, je défends.

Les bras ballants, il focalise son attention sur le feu de cheminée dont la lumière se mêle à celle des décorations.

— J'ai transpiré, et avec ce froid…

Mon pouls s'emballe, tout comme mes pensées.

— Allez, Adrien, viens. Le repas va refroidir.

J'amène une paume au bas de son dos pour l'inciter à avancer et l'inviter à rejoindre la scène au lieu de demeurer simple spectateur.

— Cinq minutes.

J'agrippe sa main calleuse, frôle son alliance de la pulpe de mes doigts.

— S'il te plaît, je murmure. Rien que cette fois.

Sa mâchoire se contracte, je retiens mon souffle.

— D'accord, cède-t-il d'un ton neutre. J'ai faim, après tout.

J'ignore s'il a menti ou bien perdu l'appétit entre-temps, mais une fois à table, il tarde à attaquer. Quand il le fait, ses bouchées sont minuscules.

Respire. C'est juste une question de temps.

Même s'il fixe son assiette, mon attention demeure sur lui. Les flammes des bougies se reflètent sur les assiettes dorées, les verres en cristal et les couverts en argent. Surtout, elles rehaussent l'ambre de ses cheveux, la profondeur de ses yeux.

Étincelle de vie artificielle.

Regarde-moi.

Dans un acte désespéré pour obtenir son attention et chasser mes doutes, mon bras s'étend au-dessus du festin qui nous sépare. Ma main se pose sur sa joue râpeuse. Enfin, nos regards s'accrochent. Je capture l'instant, le mien ancré dans le sien. Mes lèvres s'étirent, les siennes restent figées.

J'arriverai à amener un vrai sourire sur ton visage.

Mes doigts s'aventurent dans ses mèches que je démêle avec

soin. Ses joues se colorent, ses paupières papillonnent. Une chaleur se répand dans mon ventre et jusque dans ma poitrine. Le temps marque une pause.

Je vais y arriver. Je vais nous sauver.

Tandis que j'étudie ses traits, le pli entre ses sourcils et les traces foncées autour de ses yeux me sortent du moment.

— Tu peux arrêter, tu sais, j'assure. Ce travail qui t'épuise. Tu as du talent, tu deviendras certainement un auteur à succès, célèbre comme les plus grands. Les adaptations au cinéma, les traductions dans le monde entier, les millions. Je n'en ai aucun doute. Je t'y vois déjà.

Sa fourchette claque contre son assiette puis la nappe dans un son étouffé. Son regard devient incendiaire.

— Attends, Mathias, arrête-toi une minute. Comment tu sais ?

— Je m'occuperai de tout, je renchéris à toute vitesse. L'entreprise est sur le point de garantir son avenir pour les prochaines années. Ce que je gagnerai sera largement suffisant pour que tu restes à la maison à écrire toute la journée.

Sa réponse tombe comme la hache du bourreau.

— C'est mal me connaître, crache-t-il les poings serrés.

Mon cœur se déchire.

— Je me fiche si Ava te l'a dit, poursuit-il. Merci de m'avoir félicité, déjà. Et tu as lu ce que j'ai écrit pour me dire ça ? Pour juger dans un sens ou dans l'autre ? Qu'est-ce que tu y connais à la littérature, hein ?

Je me redresse, tente de lutter contre la sensation désagréable de perdre pied.

— Qu'est-ce que j'ai dit de mal ? je souffle.

— Comme tu sembles avoir du mal à me comprendre ou même à demander, je vais te l'épeler : j'aime mon boulot. J'écris pour que les gens s'identifient, et parce que j'ai besoin d'extérioriser. Pour donner de l'espoir et émouvoir et raconter la réalité. Ce n'est pas pour devenir riche. Surtout si ça me fait devenir comme toi !

Adrien respire vite. Les traits de son visage sont crispés, mais ses yeux humides.

Fuis. Ça peut encore s'arranger. Fais-lui voir.

Je me lève précipitamment et me dirige vers le salon, le cœur au bord des lèvres.

— Viens, tu peux commencer à ouvrir les paquets aujourd'hui. C'est déjà jour de fête, après tout.

Seul le silence me suit. Jusqu'à ce que…

— Je ne préfère pas, lâche-t-il sans me regarder. Il vaut mieux qu'on attende demain. Je ne suis pas d'humeur. Ma tête me fait mal et j'ai besoin de me reposer.

Ce n'est pas comme ça que c'est censé se passer.

— Tu as vu les efforts que j'ai faits au moins ? je proteste.

Adrien quitte à son tour la table en des gestes délibérés. Ses doigts agrippent avec force le dossier de la chaise en bois.

— Tu ne comprends pas, Mat, conteste-t-il. Ça n'y changera rien. Ces décorations, je ne les voulais pas juste pour faire joli. Je voulais les assembler avec toi. Est-ce important pour toi de passer du temps ensemble ?

— Je…

Enfin, il fait volte-face.

J'aurais préféré que son dos continue de me cacher ses traits tirés, ses yeux rouges et la grimace rageuse de ses lèvres.

— Et les cadeaux ? Je les regarde et… Plus il y en a, plus je me sens… vide, dépouillé.

Tel un juge déclamant sa sentence, son index appuie chacune de ses paroles en pointant le sol. Le geste fait étinceler les bagues à son annulaire.

— Parce que si seulement tu me donnais en amour une once de ce que l'un d'eux a coûté, alors je pourrais vivre centenaire.

— Tu ne sais pas la journée que j'ai passée, la pression, le stress, les questionnements qui m'ont assailli.

Chaque mot qui sort de ma bouche ne fait qu'empirer la situation. J'ai l'impression de poursuivre un objet que l'on tire de plus en plus loin de moi. Et plus on le fait, plus j'insiste, et moins mes tentatives sont logiques.

Jusqu'à ce que je m'enrage tout seul.

Ses mains brassent l'air un instant avant de se refermer à nouveau.

— Tu fais exprès ou… ? D'accord. Tu as raison. Je suis désolé. Mais là, j'ai juste envie de me reposer. Demain aucun de nous ne travaille, on aura le temps de discuter.

Est-ce vraiment ce que je suis devenu ? À le laisser s'excuser alors que rien n'est sa faute ?

Est-ce vraiment ce qu'il est devenu ? Où est passé l'homme rebelle, combatif et enthousiaste dont je suis tombé amoureux ? Est-ce vraiment moi qui ai étouffé l'étincelle dans son regard ?

— Maintenant que je suis prêt, tu ne veux pas parler ?

Une partie de ma conscience m'ordonne d'arrêter, mais la souffrance est trop forte, l'alternative trop douloureuse.

S'il quitte cette pièce, c'en sera terminé.

— Tu appelles ça parler ? s'indigne Adrien. Tu ne prends pas le temps de m'écouter, Mathias ! Tu veux juste faire les choses à ta façon. Tu ne te demandes pas si c'est la bonne, tu fais et c'est après que tu t'inquiètes des autres. Peut-être que si tu te mettais un peu plus à leur place, ta proposition pour Hong Kong aurait été acceptée depuis longtemps !

Le monde autour de moi gèle. Ou alors, c'est mon cœur apparemment de glace qui a fini par triompher sur la flamme de mon esprit, parce que tout s'immobilise tandis que le fossé sombre dans ma poitrine se rouvre.

Adrien secoue la tête, se mord la lèvre.

— Tu vois ? C'est pour ça que je voulais discuter demain. On finit toujours par dire des mots qu'on regrette en faisant les choses contre notre volonté. Cette conversation est reportée depuis des mois. Est-ce si pénible d'attendre un jour de plus ?

— Oui, ça l'est, je gronde. Parce que je sais que tu veux en finir. Et que pour moi c'est une question urgente.

— Je ne sais pas ce qui t'a mis cette idée dans la tête, mais—

— N'est-ce pas de ce que tu as discuté avec Ava ?

Il ne cherche pas à se défendre ou à occulter les faits. Ses bras s'ouvrent, son regard se fait fuyant.

— Très bien, concède-t-il. J'y pense tout juste. Ce n'est pas ce que je ve–

— C'est elle qui t'a mis ça dans la tête, n'est-ce pas ? j'éructe.

Mon pouls cogne à mes tempes, ma poitrine se soulève à un rythme bien trop rapide.

Adrien me pointe du doigt, fait un pas dans ma direction.

— Laisse Ava en dehors de ça ! C'est la seule personne qui est là pour moi en ce moment. Depuis longtemps, même.

Malgré la pique, je continue, j'insiste.

— Tu veux retourner avec elle, c'est ça ?

— Quoi ? Mais qu'est-ce que… ? Tu sais quoi, il vaut mieux que j'aille me coucher. Cette conversation commence à dévier sur du n'importe quoi.

Il avance vers le couloir jusqu'à ne m'offrir plus que son dos.

Mon rythme cardiaque s'emballe. Le mot « fin » tourne en boucle dans mon esprit.

— Reste-là ! j'explose. Tu ne comprends pas que c'est notre dernière chance ?

Si ces rêves sont réels, je refuse de vivre celui du futur ce soir. Pas tant que nous n'aurons pas fait la paix.

— Maintenant c'est une question urgente ? réitère-t-il. Tant que l'on tenait à coup d'œillères et de non-dits tout allait bien, et maintenant que tu crois pour je ne sais quelle raison que je veux divorcer, ça ne peut pas attendre ?

Le mot est lancé.

Sa main agrippe le chambranle de l'ouverture qui mène vers la chambre.

— J'ai passé la journée à me demander si cette nuit et ce matin avaient été un rêve. Si on avait vraiment fait l'amour comme ce n'était pas le cas depuis… Même cet été ça n'a pas été comme ça. Me réveiller dans tes bras et que tu prennes le temps de me souhaiter une bonne journée ne devraient pas être des luxes. Et puis, je me suis dit que je ne pouvais plus endurer ça. Les cycles. Les hauts si hauts et les bas si profonds. On n'a pas d'équilibre, Mathias. Et je suis épuisé. Ça me… Ça extirpe toute la vie, la joie et la volonté de mon corps ; tu comprends, ça ? Est-ce que tu tiens ne serait-ce qu'un peu à moi pour te soucier de ça ?

Sa voix tremble, la mienne aussi, comme tout mon être.

— Tu crois que je n'en souffre pas ?

— Voilà : tu recommences.

Tête basse, il fait un pas de plus loin de moi.

— Je ne comprends pas ce que tu veux ! je m'écrie, désespéré.

— T'es incapable de faire un effort !

— Je ne fais que ça !

— Je ne le vois pas !

Adrien se tourne à nouveau vers moi. Ses joues trempées et ses épaules voûtées me disent tout ce que j'ai besoin de savoir.

Il n'espère plus.

— Des cadeaux et un dîner livré ne sont pas des efforts. Dis-moi, qu'est-ce que ça t'a coûté, hein ? Et je ne parle pas d'argent.

— Maintenant que j'essaie, que je fais des efforts…

— Arrête avec ce mot ! C'est trop tard ! Je n'y crois plus. Là, maintenant, je suis incapable d'y croire.

— Séparons-nous alors.

Tais-toi ! me hurle une partie de moi.

Or, la frustration de son refus combinée à la réémergence de mes peurs ne me laisse pas reculer. Les disputes, c'est ce que je connais le mieux. Et si je ne peux les éviter, coûte que coûte, alors cela ne peut signifier qu'une chose : la fin.

Inutile de continuer de cheminer dans la souffrance. Après tout, une plante mal entretenue pousse moins bien qu'une taillée trop près du pied.

Tu sais que ce n'est pas ce qu'il a voulu dire. Tu n'es pas elle.

— Nous ne nous comprenons pas, je continue d'un ton aussi détaché que je me sens. Nous parlons deux langages différents et j'en ai assez de tenter de déchiffrer le tien.

Le choc est clair sur son visage. Il semble se figer, pris dans le bloc de glace que je projette.

— Aussi facilement ? souffle-t-il. Depuis quand je m'efforce d'interpréter le tien, hein ?

Le côté de son poing frappe le lambris. Ses paroles s'imprègnent de venin.

— Il vaudrait mieux qu'on mette fin à tout ça alors. S'éviter la peine d'essayer, la lutte.

Il hausse les épaules. Comme si ça n'importait pas.

Je patauge dans le vide, entre détachement et autoflagellation. Je ne sais plus ce qui se passe. Les mots qui franchissent mes lèvres comme ma voix ne m'appartiennent plus. La mauvaise herbe qui pousse en moi a pris le dessus.

—Je te laisse tout, je conclus. Demain, j'irai trouver un endroit où rester.

Comment en sommes-nous arrivés là ?

— Vraiment ? murmure-t-il.

Je garde le silence par peur de m'étrangler entre ce que je veux dire et la réplique automatique et acerbe qui menace de sortir.

Son regard se décroche du mien.

— Je vais prendre l'air, lâche-t-il. Ne m'attends pas.

Son poing attrape sa veste. La seconde d'après, la porte claque.

C'est bien ce que je craignais : plus je tente de réparer les choses, plus elles empirent. Comme avec mes parents, dès qu'ils ont décidé d'affronter le problème, leur mariage est terminé.

La fin est après tout inévitable.

NUIT 3

Futur

De derrière le canapé placé en tant que division au milieu de la pièce, j'observe les lourdes respirations d'Adrien gonfler puis vider sa poitrine. J'imagine le dessin se mouvoir sur sa peau en permanence entre deux états : vivant et… sans vie.

Je renifle mais mes yeux sont secs. Mon corps et mon esprit aussi sont dans un entre-deux débilitant.

Mon regard se pose sur les taches rondes sombres sur le coussin qui sert d'oreiller à Adrien, traces de sa peine que je ne suis fichu que d'empirer. Mon nez est envahi par les effluves d'alcool qui émanent de lui alors qu'il ne boit que rarement. Ses cheveux empestent la cigarette, or je sais qu'il ne fume pas.

Il n'est pas simplement sorti s'aérer l'esprit, mais bien dans le but d'oublier.

— Il est beau, hein ? On dirait que tu l'oublies des fois.

J'étouffe tout juste le son de surprise qui risquerait de réveiller Adrien. Près de moi se tient un enfant androgyne. Il ne doit pas avoir dix ans. Son bonnet épais en laine colorée dissimule l'intégralité de ses cheveux et descend jusqu'à ses sourcils. Ses joues rondes rosies et son nez en trompette s'échappent de justesse de l'écharpe assortie à son couvre-chef.

— Qui es-tu ?

Mon intonation traduit mon incompréhension. Ce ne peut être que l'esprit du futur. Pourtant, je ne le connais pas.

— J'ai pas le droit de te dire.

Ses mains s'accrochent derrière son dos, ses yeux clairs me sourient.

— Tu es drôlement jeune pour être un esprit.

— Les esprits sont pas forcément morts.

J'ignore pourquoi ses mots m'atteignent autant. C'est vrai, après tout, Ava est en parfaite santé à ce que je sache.

L'intrigue persiste.

— Je ne te connais pas, j'explicite.

L'enfant hausse les épaules. Ma remarque ne semble pas le toucher plus que ça.

— Viens, j'ai des choses à te montrer.

Il me tend sa petite main et étrangement, il me fait plus peur que ses prédécesseurs.

— Je crois que je n'ai pas envie de savoir.

Ma voix est aussi faible que mon corps, aussi petite que mon esprit.

— J'en ai assez vu et vécu, je tente d'argumenter. J'ai essayé, mais il refuse de m'écouter.

— C'est pas plutôt l'inverse ?

Mes lèvres remuent sans que ma gorge ne libère mes mots. Je n'ai pas la force de le contredire.

— T'as peur de ce qu'il va dire, devine-t-il. Mais c'est en t'y opposant et en cherchant à fuir que tu empires ce qu'il finit effectivement par énoncer.

— Tu es drôlement futé pour ton âge.

Pour toute réponse, il me lance un clin d'œil. Même si le sourire ne parvient pas jusqu'à mes lèvres, l'envie y est.

— Tu prends ma main maintenant ?

— Oui, papa.

Pour je ne sais quelle raison, les mots sortis de leur propre gré ne font pas si mal, et la chaleur est toujours là, plane au-dessus de la crevasse dans ma poitrine.

L'ambiance est cette fois verdâtre. Autour de moi, une pièce décorée d'un canapé, d'une cheminée et d'une table basse. Les meubles hors de prix sont en accord avec la résidence luxueuse et le quartier recouvert de poudreuse que j'aperçois par la fenêtre du salon. Pourtant, ils semblent avoir été posés là sans sens, achetés purement par nécessité. Aucun surplus, les dessus des meubles vides brillent de propreté.

Je ne reconnais pas l'endroit.

Soudain, je me fige : une voix doucereuse parle dans ma tête. L'image de Sarah se superpose à celle de la pièce stérile.

— Rentrez, Mathias. Il n'y a plus rien à faire ici. Tous nos clients ont fermé pour les fêtes. Hong Kong et Taiwan sont aux anges.

Son corps élancé s'approche d'une démarche féline de mon bureau en chêne. Sa main fine passe sous la manche de ma veste, caresse la peau tendre de mon poignet amaigri en appui sur la souris.

— Je peux vous tenir compagnie, si vous le souhaitez, poursuit-elle. Réchauffer votre soirée.

Une vague de nausée m'assaille en même temps que son parfum envahissant. Des cafards dansent sur ma peau.

— Elle est allée au bureau juste pour voir si cette année tu allais céder, explique l'enfant.

L'image se dissipe. La poignée de la porte d'entrée tourne. Mon pouls s'emballe.

Faites que je sois seul, je vous en supplie.

J'ignore qui j'essaie d'invoquer, mais cela m'importe peu. J'espère juste ne pas avoir heurté si bas.

Heureusement, seule ma carcasse passe le seuil. Ce reflet déformé garde les yeux au sol : il sait se trouver seul. Peut-être aussi essaie-t-il de ne pas voir que c'est le cas : inutile qu'on le lui rappelle.

— Tu fais un burnout mais refuses de le voir. Tu vas et viens entre tes clients partout dans le monde. Ta santé en pâtit.

Ma pâleur me saute aux yeux. En dépit des centaines d'euros

dépensées pour que mes costumes tombent à la perfection sur mon corps, celui que je porte est deux tailles trop large.

Quelque chose me pousse à parler, briser ce silence étouffant.

— Très bien, je m'étrangle. Je savais que je me retrouverais seul. J'en ai vu assez.

— Tu enchaînes les voyages d'affaires, réitère-t-il comme si c'était le plus important. Elles sont fleurissantes.

Je déglutis, détourne le regard de la loque que je suis devenu. Reste que je demeure en grande partie détaché de ce que je vois.

Adrien au moins…

— Adrien lui va bien mieux maintenant, c'est tout ce qui importe. L'entreprise prospère. Je m'en r-remettrai.

Menteur.

— Allons voir ça, alors.

Sa voix est enjouée, ses yeux brillent comme les miens à son âge auraient dû le faire.

Qui es-tu ?

Le vertige surgit mais s'évapore vite lorsque je comprends que nous nous trouvons à la maison. Enfin, celle d'Adrien désormais, je suppose. Nonobstant, ma respiration devient plus fluide.

L'ambiance est différente ici. Rien n'a changé, excepté peut-être la quantité de décorations. Cette année, elles sont réduites au sapin et à quelques guirlandes lumineuses qui semblent avoir été laissées là toute l'année.

— Il n'a plus mis les pieds dans la salle de bain du couloir, précise l'enfant avec nonchalance. C'est devenu un mausolée. Tu sais, comme quand les gens meurent et qu'on touche plus à leur chambre.

Je déglutis avec peine, détourne le regard. Dehors, des enfants crient et jouent dans la poudreuse. Un muret constitué de bonshommes de neige a été assemblé de l'autre côté de la route.

Un cliquetis attire mon regard vers la table de la cuisine. Sur le bois nu, Adrien tapote sur le clavier de son ordinateur portable. Autour de lui s'entassent des carnets et piles de Post-its. D'autres décorent le mur qui sépare la pièce à vivre du couloir.

— Ava a réussi à le convaincre de passer le réveillon avec elle et sa famille, mais il a refusé de rester dormir, alors le reste de la journée, il la passe à travailler. Son livre a été publié et il en a terminé deux autres depuis qui le seront à leur tour l'année prochaine. Et oui, il continue de travailler en tant qu'électricien. Donc ses journées sont passées au boulot, et ses temps libres dans d'autres aspects du travail…

— Il est devenu comme moi, je murmure.

— Disons qu'il a un besoin d'oublier. Le côté positif est qu'il rencontre son succès.

Je savais qu'il était doué.

Un sourire tremblotant tente d'étirer mes lèvres, mais quelque chose me fait me figer. Mon regard revient vers mon… Que sommes-nous, désormais ? Ex-maris ?

Le couteau qui s'enfonce dans ma poitrine à cette pensée est si mal affûté que je ressens chaque centimètre de progrès que la lame fait dans ma chair, chaque vaisseau déchiré, chaque torrent de sang se libérer et se répandre dans mes entrailles.

Malgré la douleur, mes yeux le fixent, peinent à assimiler ce nouveau lui. Ses vêtements sont toujours déchirés par endroits, ses mains toujours calleuses, mais… ses cheveux ont disparu. Leur longueur est réduite à cette sorte de standard qu'il a toujours fui.

Coupure nette, comme entre nous.

Il a tourné la page.

Je demeure immobilisé devant la preuve irréfutable de notre déchéance à me demander comment mon cœur continue de battre. Comment est-ce possible ? Comment ose-t-il me forcer à vivre de la sorte ?

L'enfant près de moi tient toujours ma main et la serre. Ce devrait être moi qui le rassure, mais c'est bien lui, un esprit qui n'est même pas réel, le seul élément qui me maintient relié à la réalité. Or, celle-ci se fiche de mon tourment. Le monde continue de tourner et le portable posé près de l'ordinateur sonne.

A-t-il retrouvé quelqu'un ?

Je retiens mon souffle.

Mais non. C'est pire.

Adrien décroche immédiatement après un coup d'œil au contact. Sa posture se rigidifie, sa main libre chiffonne l'un des Post-its dans son poing.

— Bonjour, Alice.

Mon sang se glace dans mes veines.

Non. Ce n'est pas elle. Il ne s'agit pas de la seule personne portant ce nom.

Le reste de la conversation confirme mon pire cauchemar.

— Vous en savez autant que moi. De ce que je sais, l'entreprise est en bonne santé. De reste, je n'ai pas de nouvelles.

— Depuis quand ils… ? je m'étrangle.

Mes dents menacent d'éclater tellement je les serre. C'est impossible qu'ils aient été en contact pendant… notre mariage.

— En fait si, corrige l'enfant.

— J'oubliais que vous pouviez lire dans mes pensées.

— Ta maman a contacté Adrien pour la première fois peu après que ton papa est mort.

Non. Non, pas ça.

— Elle sait à quel point tu étais proche de lui et s'est inquiétée de ton bien-être. Surtout quand tu as rejeté chacun de ses appels puis l'as ignorée aux funérailles.

La voir ce jour-là était la dernière chose dont j'avais besoin. J'ai fait de mon mieux pour rester loin d'elle, et Adrien a été parfait à prendre les choses en main. Je savais qu'il avait eu une conversation avec elle, mais j'ignorais qu'ils étaient restés en contact depuis.

— Ce n'est pas… Il ne devrait pas faire ça. Ce n'est pas à lui de faire ce choix.

Mes yeux se ferment, mais la vérité ne disparaîtra pas.

Il m'a menti.

Je ne souhaite que m'accrocher à cette pensée viscérale, mais les choses ont changé, j'ai changé, et les ronces qui grandissaient en moi commencent à sécher.

— Elle attend toujours ce qu'il lui a promis : qu'il ferait de son mieux pour que tu acceptes de lui parler, au moins une fois. Mais après ça, votre relation n'a fait que se dégrader. Tu respirais boulot et as mis de côté tout ce qui est sentiments. Il a jamais pu aborder le sujet.

Ça ne me surprend pas tant que ça, finalement. La révélation a été un choc, la démarche de ma mère encore plus ; en revanche, l'attitude d'Adrien… c'est tellement lui. Nos mères sont des sujets difficiles pour tous les deux, sensibles. Mais plus que tout, Adrien s'accroche à cette notion de famille, surtout au vu de la dégradation de la santé de sa grand-mère.

Nous sommes à Noël prochain. Elle est probablement partie. Hormis Ava, il est seul.

Mes paroles après le décès de mon père me reviennent en mémoire. Je l'ai blessé ce jour-là, plus que n'importe quel autre à part peut-être aujourd'hui. Pourtant, il n'a jamais cessé d'être de mon côté. Il a vu comment je me suis effondré et s'est efforcé de me soutenir, a interprété la reprise de contact de ma mère comme une chance de me faire retrouver ce que j'ai dit qu'il n'était pas : une vraie famille.

L'enfant amène sa main libre à mon poignet, colle sa joue au dos de ma main toujours dans la sienne.

— Si même elle peut changer…

Alors moi…

Je n'y crois pas, à son supposé acte de rédemption. Mais que ça me fait quelque chose, oui. C'est une nouvelle claque, car je suis en passe de devenir pire qu'elle, si ce n'est déjà le cas.

L'agitation gronde dans mes veines, la sensation de fatalité contre laquelle je m'efforce de lutter pèse sur ma nuque.

— Mais que faire, bon sang ? je gronde. J'ai tout essayé : les cadeaux, le tête-à-tête, les décorations qu'il aime tellement, son repas favori. Malgré tout, je n'arrive pas à lui parler sans que ça déraille et que se réveille ce bouclier réfléchissant, sans dire… connerie après connerie.

— Alors parle pas, écoute.

Ses yeux changeants se font suppliants.

Un doute persiste. Celui qui espère toujours que fuir soit la bonne solution.

— Il a quelqu'un d'autre ?

Quelqu'un qui le traite comme il le mérite, qui fait naître un sourire sur son visage chaque fois qu'il le voit ?

D'après ce que je vois, j'ai envie de conclure que ce n'est pas le cas, mais je ne peux m'empêcher de poser la question. Je ne veux pas qu'il soit malheureux, c'est pour ça que je serais prêt à accepter cette fin, mais s'il ne l'est pas, elle n'a pas raison d'être. Pas si je peux mieux faire. Alors que s'il a quelqu'un et que la tristesse que je vois là n'est qu'un épisode de nostalgie ou de pitié pour celui qu'il doit savoir que je suis devenu…

— Qu'est-ce que tu crois ?

Le visage de l'enfant est impassible. Je serais impressionné si la réponse à ma question ne me hantait pas.

Car la réalité est autre. La perspective qu'un… inconnu le touche comme j'ai eu la chance de le faire, soit témoin de son sourire particulier, l'accompagne aux avant-premières et aux séances de dédicaces qu'il mérite d'avoir…

J'aimerais croire que je suis quelqu'un de bien, mais c'est faux. Je n'arrive pas à l'imaginer heureux avec quelqu'un d'autre. Je suis incapable d'accepter l'éventualité qu'il le soit. Pas tant que je n'aurai pas tout donné, tout essayé. Parce que je sais qui il est quand il est heureux, je l'ai déjà vu lors de nos premières années ensemble. Je sais être capable de faire naître ce bonheur en lui.

Je n'abandonnerai pas tant qu'il restera une once d'espoir.

N'empêche que ce désir ne fait pas disparaître la peur.

— Ce n'est plus de ton ressort, continue l'enfant avec une moue insolente. Tu as perdu le droit de connaître la réponse à cette question.

Touché.

Il se détache de moi sans pour autant me lâcher, se fichant de la moiteur de nos mains.

— Tu veux savoir comment ça s'est fini entre vous ? demande-t-il l'air de rien.

Ma tête me tourne avant même que l'environnement change. Pourtant, j'ose acquiescer sans savoir ce qui m'attend. Ce, même si je ne suis pas certain de vouloir être témoin de la conversation que nous venons d'avoir, ou d'une scène le lendemain où je me trouve à la porte avec mes valises.

La pièce change, mais pas tant que ça. Les décorations de Noël s'effacent, les traînées verdâtres s'accentuent. Des voix s'élèvent depuis le salon.

Ava ?

Je me tourne vers la source de l'agitation et tombe sur Ava, Adrien et moi. Assis sur le canapé, Adrien tape du pied, sa main recouvre sa bouche. Son regard reste rivé au sol malgré la dispute qui a lieu près de lui, ses cheveux gras dissimulent une partie de son visage.

Il semble… sans vie.

— C'est à cette heure-ci que tu rentres le jour de votre anniversaire ?

— Nous sommes un jour de semaine, je travaille, je te rappelle, je gronde depuis l'entrée. Qu'est-ce que tu fais là, toi ?

— Je suis venue mener à bien un ultimatum. Si je ne prends pas les devants, Adrien restera jusqu'à devenir en permanence ça, cette loque sans vie par ta faute !

Elle pointe du doigt Adrien, sa posture avachie qui est à l'opposé du rebelle tranquille de quand je l'ai rencontré.

Lorsque le moi de la vision déporte son attention vers lui, je suis témoin de la tempête qui en est nourrie dans mon propre regard.

Aucune tristesse.

Qu'est-ce qui… ?

— Non, je proteste, tant à l'intention de l'enfant que de cette pâle copie de moi. Pourquoi je le regarde comme ça ?

— Depuis que tu as décidé d'ignorer cette chance, ton cœur s'est refermé. Tu es devenu possessif et t'emportes pour un rien. Comme tu es persuadé d'avoir tout tenté et de pas avoir réussi à vous sauver, tu sais que c'est qu'une question de temps. Comme tu oses pas mettre fin à votre relation, tu vis avec cette épée de Damoclès et t'attends au coup fatal à n'importe quel moment.

Mon estomac se noue.

En arrivant dans ce rêve, je croyais être parti le jour de Noël après les mots que j'ai prononcés au cours de notre dispute. Pas que j'étais devenu amer et continuais de nous supplicier.

Et Adrien ne s'est pas défendu, encore une fois s'est laissé faire.

— Viens, Adrien. Il n'y a plus rien à sauver ici.

Ava se dirige vers le mur derrière la porte d'entrée et empoigne de sa main hâlée la valise que je n'avais pas remarqué s'y trouver.

Visiblement, le moi du rêve non plus.

— N'essaie même pas ! il éructe.

J'assiste impuissant alors que mon poing agrippe le poignet fin d'Ava. De ma main libre, je la pousse contre le mur tout en tordant ma prise. L'impact est sourd, son cri ne l'est pas.

— Argh !

— Ava ! hurle Adrien.

Je la lâche aussitôt.

Adrien court vers elle et la prend dans ses bras. Les deux moi sont figés, immobilisés devant ce que je suis devenu. Je ne me reconnais pas. Et je ne parviens pas à tirer de réconfort de voir que l'autre moi non plus.

— Sors d'ici ! explose Adrien, yeux rouges et corps crispé excepté là où ses mains étreignent Ava. À Noël, tu étais prêt à t'en aller sans plus de cérémonie, alors je te le demande maintenant : pars.

J'ai réussi. Je suis parvenu à dépasser la limite. Plus de retour en arrière possible. Il a vu les ronces qui ont pris possession de moi, que j'ai laissées se développer à force de les nourrir. Désormais, l'espoir est mort.

La scène gèle. Mon regard y reste pourtant rivé.

L'enfant tire sur ma manche.

— Il est mieux sans moi, conclut ma voix éteinte. Il faut que je parte.

Finalement, peut-être que le but de cette expérience n'est pas de me motiver à sauver notre couple. Peut-être que c'est plutôt pour me faire ouvrir les yeux sur notre malheur et le laisser s'en aller. Peut-être que la conversation que nous devons avoir est celle qui mettra un terme à notre mariage sans haine.

Parce que l'espoir, là maintenant ? Je n'en ai pas. Le peu que j'avais réussi à rassembler s'est dissous dans l'amertume de mes actes.

— Non, tu comprends pas ! s'exclame d'un coup l'enfant. T'as l'air heureux là ?

Ses yeux arrondis comme son geste emphatique semblent me supplier de voir, mais mon corps est lourd et mon âme bien davantage.

— Adrien…

— Adrien avait l'air heureux avant ou même pendant qu'il parlait avec ta maman au téléphone ? insiste-t-il.

Je n'ai pas la force de me défendre. Mon esprit tourne dans le vide sans ne plus savoir quoi penser.

— C'est parce que votre bonheur est ensemble !

Ses petites mains agrippent mes doigts et les secouent pour appuyer ses propos.

— Vous devez… Vous pouvez pas vous séparer.

La panique qui envahit son visage rond me déconcerte.

— C'est ta peur qui gâche tout ! Parle et écoute. Sans autre chose à faire, sans limites de temps, sans excuses. Ouvre ton cœur et laisse-le te montrer le sien. Accordez-les ensemble. Tourne ta langue sept fois dans ta bouche avant de dire un mot, comme dit papa.

Ses sourcils se froncent comme sans doute il a vu ses parents faire lorsqu'ils le disputaient.

— C'est triste de pas avoir de famille. Tes parents à toi se sont séparés parce que leur place était pas ou plus ensemble. Ta maman voulait autre chose à l'époque. Je sais pas te dire les effets qu'aurait eu sur elle une visite comme celle que tu vis, mais justement, prends-le comme une chance et répare tes erreurs. Tu en as une dernière, un ultime jour. Si tu arrives pas à sauver votre mariage, alors c'est ce que tu viens de voir qui vous attend. Tu deviendras cet homme-là. C'est ça que tu veux ?

NUIT 3

Regret

Deux pas m'amènent de l'autre côté du canapé, où je m'effondre à genoux devant Adrien.

Chaque ride sur son visage, chaque creux, chaque nuance sombre autour de ses yeux ; chaque tache humide sur l'oreiller, chaque traînée collante sur son nez, sa tempe ; chaque marque de tristesse, chaque preuve de son malheur, me pousse face à face avec mes cauchemars. Ne surtout pas devenir comme ma mère, honorer les principes que papa m'a inculqués, le rendre fier.

Or là, c'est l'opposé qui se vérifie.

Alors, je m'excuse. Encore une entreprise égoïste, mais je ne sais que faire sinon passer par-là. Je lui dis à quel point je suis désolé pour ce qui n'est pas arrivé et jure que cela ne se produira pas. Je ne deviendrai pas cet homme qui permet à l'insécurité de se transformer en rage jusqu'à ne plus pouvoir la contrôler. Je ne le laisserai pas comme moi faire de sa passion une fuite en avant.

Je lui demande pardon d'avoir laissé notre amour s'assécher, de l'avoir tenu pour acquis, d'avoir fui nos problèmes pour tenter de nous sauver alors que cela n'a eu pour effet que de les empirer et laisser suppurer.

Je me réassène que ce n'est pas normal d'être si près de lui physiquement mais en même temps derrière une barrière que j'ai érigée, de me sentir si esseulé alors que son souffle heurte mon visage. Je nous ai permis d'être malheureux. J'ai poursuivi d'autres buts, ma carrière est florissante, mais à quel prix ? Alors que papa ne souhaitait que mon bonheur, alors que le but de la vie est de trouver son équilibre.

La balance a penché pendant trop longtemps.

Un gémissement vibre dans la gorge d'Adrien. Les plis sur son front s'approfondissent. Il est en proie aux migraines depuis l'adolescence. Lorsque nous nous sommes rencontrés, elles étaient maîtrisées, mais reviennent parfois.

Malgré la douleur, il ne se réveillera pas. Il m'a décrit cet état lorsqu'elles le prennent en milieu de sommeil où la chape de la fatigue le maintient immobilisé. Où il ne peut que subir la douleur et sentir les crampes dans son ventre et la transpiration le coller aux draps et à ses vêtements.

Tout à l'heure elle était déjà là. Et tu l'as ignorée, mise de part comme si ce n'était pas important face à ta frénésie.

Je ne m'oppose pas aux reproches de ma conscience ; je les ai trop longtemps évités. À la place, je me lève et me rends dans la salle de bain du couloir, humidifie un gant de toilette et une petite serviette et retourne près de mon mari.

— Tourne-toi, mon amour, c'est pour ton bien, je murmure.

Une plainte résonne. Il s'accroche au coussin, halète un instant avant de me laisser le placer sur le dos.

Il ne se souviendra pas de ces gestes tendres que j'ai envers lui, mais ce n'est pas pour que ce soit le cas que je les mets en œuvre. C'est par amour. C'est parce que je tiens à lui et le voir souffrir creuse davantage ce fossé, produit de mes cicatrices.

Éclairé uniquement par des projections multicolores, j'essuie son front moite à l'aide de la serviette puis y appose le gant. Son soupir de soulagement qui s'ajoute au doux crépitement du feu de bois dans la cheminée me rassure aussitôt.

Mes mains continuent de l'essuyer là où ses vêtements ne font pas barrière : ses joues, son cou jusqu'à ses clavicules, ses mains, où mes doigts décrispent les siens un à un. J'abandonne un instant la serviette pour prendre le temps de masser ses paumes, la peau fine entre son pouce et son index. Je parcours les lignes qui retracent sa vie, les aspérités témoins de son dévouement à son travail.

Peu à peu, ses muscles se détendent, son corps se coule contre les coussins du canapé.

Une chaleur renaît dans ma poitrine. Prendre soin de lui me fait autant de bien qu'à lui, alors pourquoi ai-je laissé la peur s'en mêler ?

C'est fini. Plus de place pour les questionnements. Il s'agit de notre dernière chance, et l'important est de se concentrer sur ce que nous pouvons faire pour aller de l'avant, plus forts, plus solides.

Je me lève à nouveau et reviens avec une couverture que je dispose sur son corps. À l'aide du rebord doux, je caresse sa joue.

Il y a tellement de choses que j'aimerais lui dire. Des mots et pensées accumulés depuis longtemps. Or, aucun d'eux ne se presse pour sortir à présent.

« Ne parle pas. Écoute. »

Une partie de moi souhaite qu'il se réveille tout de suite pour le supplier de me dire tout ce qu'il a essayé de communiquer ces innombrables fois où j'ai utilisé l'excuse du travail pour fuir ma peur. Une autre demeure effrayée par ce qu'il pourrait dire et par l'impact que cela aura sur moi, sur nous. Alors, je m'efforce de me lever. Mes jointures craquent, je tangue et me retiens sur l'accoudoir du canapé. Un instant pour reprendre l'équilibre, le regard sur l'homme de ma vie, et je me redresse.

Le couloir me paraît sans fin tandis que je l'emprunte jusqu'à notre chambre. Là, je m'aventure de son côté et saisis son ordinateur. Son mot de passe est la date de notre mariage.

Je mords ma lèvre au sang.

J'emporte l'objet dans le salon avec moi et m'assieds à même le sol, le dos contre l'avant du canapé, là où je peux entendre ses respirations régulières.

— Je te promets de t'écouter, je souffle avant de me lancer.

Les dernières paroles que je prononcerai pour la nuit. Il est temps désormais de le laisser s'exprimer, d'autoriser les mots à m'atteindre et me faire saigner pour évacuer le mauvais.

Lorsque des heures plus tard les chants de Noël commencent

à éveiller les rues, j'en arrive aux dernières lignes de l'épilogue. Les larmes coulent à flots et mes lèvres saignent à force de tenter de contenir mes plaintes.

J'ai compris chaque mot comme s'il m'était adressé. Je ne doute pas que c'était le cas. Ils sont ceux qu'il aimerait me dire et que je ne lui ai jamais laissé l'occasion d'énoncer.

Le fait qu'il doute de mon amour pour lui termine de faire éclater mon cœur. Mais ses derniers mots, en même temps qu'ils piétinent les miettes de celui-ci, renvoient un rayon unique de lumière se refléter dans chacune d'entre elles.

« Surtout, je souhaiterais t'entendre m'assurer que laideur n'est pas synonyme de fin. Qu'ensemble, nous récolterons tout ce qui peut être sauvé et en ferons quelque chose de bien plus gros, plus fort, plus solide qui nous accompagnera et que nous nourrirons jusqu'à la fin. Pas la fin de « nous », mais la fin de cette vie, lorsque la mort nous séparera momentanément. Car nos âmes, bien plus que sœurs mais jumelles, siamoises, se retrouveront toujours, même dans les limbes, même dans le néant. Et qui sait, peut-être revivront-elles des milliers de vies dans des centaines de dimensions pendant des millénaires, et tout le monde pourra voir à quel point nous sommes faits bien plus que l'un pour l'autre, mais l'un de l'autre.

J'écris tout cela, mais tu sais, un simple « je t'aime » me suffirait. »

JOUR 4

25 décembre

— Mathias ?

La voix enrouée d'Adrien me parvient alors que je termine de saupoudrer la cannelle. Mon pouls s'accélère.

C'est parti.

— Des biscuits ? demande-t-il d'un ton ébahi. Comment je ne me suis pas réveillé pendant que tu détruisais la cuisine ?

Sa pique me fait sourire, mes muscles se détendent.

— J'ai suivi la recette scrupuleusement, je rétorque.

Une fois dans le salon, je lui tends le plateau, attends sa réaction avec impatience.

Son regard se pose sur chaque élément : la fumée légère qui s'échappe du chocolat chaud, la serviette en tissu qui rappelle la nappe des fêtes, les quartiers d'une demi-orange et le reste en jus pressé. Ses lèvres s'entrouvrent lorsqu'il en arrive aux antalgiques près du rebord.

La serviette et le gant sèchent depuis plusieurs heures déjà dans la salle de bain. Ses yeux sont légèrement bouffis, mais les traces de douleur se sont effacées.

Ses doigts palpent son front, comme pour s'assurer que la migraine est bien passée.

— Merci, murmure-t-il.

J'acquiesce, me mords la langue pour retenir les larmes. J'ai suffisamment pleuré cette nuit. Cependant, mes émotions sont sens dessus dessous. J'ai l'impression de tout ressentir d'une seconde à une autre.

— Je vais me rafraîchir vite fait, j'en ai pour une minute.

Je hoche la tête, pose le plateau sur la table basse.

— Mince.

Le corps d'Adrien s'appuie contre le mien. Je me retourne aussitôt pour l'aider à garder l'équilibre. Mes mains s'ancrent à ses hanches, les siennes à mes bras.

— Tu vas bien ?

Ma voix rauque traduit mon trouble.

— Oui, je me suis juste levé un peu trop vite.

Ses paupières papillonnent, me révélant puis dissimulant tour à tour le vert vif de ses iris. Nos souffles s'entremêlent. De si près, je jurerais pouvoir compter chacune de ses taches de rousseur.

Avec mes lèvres, de préférence.

Adrien se racle la gorge.

— Je reviens, croasse-t-il.

Une fois mes bras vides, je m'effondre sur le canapé.

J'ai l'impression d'avoir passé un examen, ou une première partie du moins. Pas sûr que ça s'annonce bien pour le reste de la journée si c'est ce que je ressens.

Adrien revient et nous déjeunons en silence côte à côte. Mille et une façons de lancer la conversation tournent en boucle dans ma tête sans que je sois capable de choisir. Devrais-je attendre ? Aborder un autre sujet avant ? Parler du temps qu'il fait ?

— Tu t'es rappelé mon parfum préféré ?

Son menton désigne la bougie au coin opposé de là où se trouvaient les comprimés.

— La vanille est un classique.

— Tu veux dire que je suis un mouton ?

La panique doit se lire sur mon visage, car son sourire taquin s'effondre.

— Bien sûr que non, je m'étrangle. C'est le mien aussi.

— Alors, nous sommes peut-être tous les deux comme tout le monde.

Je hoche la tête, mon attention fixée sur là où mon pied joue avec les poils doux du tapis.

Bonne remarque.

— Est-ce que tu vas bien ?

Je serre les dents. Malgré mon comportement envers lui, il continue de s'inquiéter pour moi.

Le voilà, ton nouveau rayon d'espoir.

Ou alors, il est juste une bonne personne. Contrairement à moi.

La pulpe de son index effleure ma tempe à la naissance de mon œil. Je me fige.

— Tes yeux sont rouges.

— J'ai eu une nuit difficile.

Ce n'est rien comparé aux tiennes.

Adrien hoche la tête. Ses poings se serrent autour des poignées du plateau avant qu'il le repose sur la table basse. Sa voix est faible lorsqu'il prend la parole.

— J'ai cru qu'à mon réveil tu serais parti, avoue-t-il.

Son regard affronte le mien.

— Hier tu me parlais de séparation et aujourd'hui tu me fais petit-déjeuner au canapé ?

Je regarde alentour l'ultime alerte face à ce que notre couple est devenu. Cette grande pièce dont nous étions tombés amoureux pour les perspectives de vie qu'elle offrait paraît vide. Je peine à me souvenir de la dernière fois où nous avons passé du temps ensemble sur ce canapé si ce n'est pour travailler chacun de son côté. La telle de projection qui occupe les trois quarts du mur en face de nous n'a pas servi depuis des mois. Le plateau avec ses malheureux biscuits trop cuits me nargue. Un quartier d'orange laissé pour compte me rappelle que j'aurais aimé…

Alors pourquoi tu te retiens ?

Une grande inspiration me donne l'impulsion pour saisir ce

dernier morceau entre mon pouce et mon index. Adrien me regarde faire en silence, le pli entre ses sourcils de nouveau à sa place.

J'amène un genou sur le canapé pour pouvoir lui faire face, puis lève la main devant sa bouche. Ses yeux s'arrondissent, passent de l'orange aux miens plusieurs fois. Mon cœur cogne contre ma cage thoracique.

Permets-moi. Montre-moi que nous pouvons encore être ce couple affectueux et mielleux sur les bords dont nous aimions nous moquer.

Enfin, il entrouvre les lèvres et, pupilles explosées dans les miennes, saisit la nourriture offerte de ses dents. Je suis forcé de céder le premier et l'observe refermer ses lèvres rosées sur celle-ci. Lorsque sa langue vient cueillir sur ces dernières le jus du fruit, ma respiration est haletante.

Après un moment figé dans le temps, Adrien baisse la tête et se racle la gorge.

Les actes ne font pas tout : il faut savoir s'ouvrir aussi par les mots.

Et si je commençais par les plus importants ?
Et si je n'avais plus le droit de les prononcer ?

Les dernières lignes de son roman, de cette lettre qu'il m'a adressée indirectement, me reviennent en mémoire.

Et la déclaration sort toute seule.

— Je t'aime.

Adrien serre les lèvres.

— Même si tu as pu penser le contraire, ce n'est pas suffisant. Cependant, je tiens à commencer par-là. Je compte écouter tout ce que tu as à me dire. Je sais que je parle trop pour garder à distance la douleur, pour *te* garder à distance. Mais ce que je tiens à dire tient en deux fois trois mots : je t'aime, et je suis désolé. Tellement, et terriblement.

— Mathias…

Je prends une longue inspiration. Malgré moi, je ne peux empêcher ma peur de s'exprimer une dernière fois. Peut-être est-ce un test ; mais en même temps, cela fait-il de mes mots un mensonge ?

— Tu mérites mieux, je lâche, pupilles noyées dans les

flammes de la cheminée.

— Tu veux en finir ?

Son ton ne me permet pas de déchiffrer ses émotions, donc je me force à reporter mon attention sur lui, sans plus de succès. En ce qui me concerne, j'espère que mon expression est une réponse suffisante, car maintenant qu'il faudrait que je parle, je n'ose le faire par peur d'influencer ses actions.

Je n'ai aucune envie d'acquiescer, mais si je ne le fais pas, restera-t-il juste pour me faire plaisir, comme Ava l'avait dit ?

— Tu abandonnes ? réitère-t-il, laissant cette fois sa frustration s'exprimer sur ses traits. C'est tout ce que notre relation vaut pour toi ? Tu veux en finir comme ça ? Pour ton boulot, tu te bats, mais pas pour moi ?

Mes ongles s'enfoncent dans le coussin à ma droite.

Je gâche tout, encore une fois.

— Tu ne veux pas, je ne sais pas, essayer de me rendre heureux, toi, avant de me dire d'aller jeter cette tâche sur quelqu'un d'autre ? Où est passé l'homme qui après une nuit ensemble m'a demandé de l'attendre neuf mois, hein ? Où est passé l'homme combatif dont je suis tombé amoureux ?

Il me demande la même chose à propos de laquelle je me suis interrogé hier à son sujet. Et je prends conscience que tandis que j'ai laissé le deuil me prendre mon courage, j'ai fait de même avec Adrien pour compenser, pour ne pas souffrir seul.

Identique à ma mère, en effet.

— Réponds-moi honnêtement, quémande-t-il. C'est tout ce que j'ai besoin de savoir. Est-ce que tu veux mettre un terme à notre relation ?

Il articule chaque mot, son regard est insistant, presque suppliant mais ferme à la fois.

— Non, bien sûr que non, j'amende aussitôt. C'est juste que… ce n'est pas facile pour moi.

Il prend une profonde inspiration, son corps se détend, sa voix se fait plus posée.

—D'accord, je préfère que tu me dises ça. Pour moi non plus, ça ne l'est pas, confesse-t-il. Mais on est en train d'en discuter, d'accord ? Ça veut dire que tous les deux on veut une deuxième chance, n'est-ce pas ?

— Oui, absolument, je m'empresse de confirmer.

— Bien, sourit-il enfin. Alors, respire. On n'est pas tes parents. Chaque mariage est différent.

Je baisse la tête.

Bien sûr qu'il me comprend si bien.

— Et si je prenais le relais, hein ? offre-t-il.

— Oui, s'il te plaît.

— OK.

Adrien frotte ses mains sur ses cuisses. Maintenant qu'il a la chance de s'exprimer, ses mots semblent difficiles à mobiliser.

— Je sais que j'ai mentionné en premier une séparation, mais c'était pour te faire réagir, commence-t-il. Pas pour que tu acquiesces.

Je mords ma lèvre pour me retenir de répliquer.

Avec le recul, je le comprends.

— J'essaie de… Je sais que la mort de ton père a été terrible pour toi. Je sais que l'entreprise est le rêve que tu lui as promis d'exaucer pour lui. Je sais que ton travail a toujours été ta priorité, et ta détermination est l'une des choses qui m'ont fait tomber éperdument amoureux de toi. Mais… j'ai aussi besoin de toi. Le temps passé ensemble me manque plus que tout. Quand on regardait des films et que tu m'obligeais à mettre les sous-titres parce que monsieur parle cinq langues, français non inclus, et que « ce n'est pas pareil ».

Noyé dans la mer de larmes qui inonde ses yeux, je ne peux que hocher la tête et esquisser un sourire tremblant qui reflète le sien.

— Tu es à peine à la maison, et je comprends parce que je travaille beaucoup aussi et je sais que tu poursuis tes rêves. Mais même lorsque tu l'es, tu n'es pas vraiment avec moi, tu as l'esprit ailleurs, sur un nouveau projet, de futurs clients, l'évolution de la recherche. Même les week-ends pour toi n'existent pas. Ces soirées passées ensemble sur le canapé sont très bien jusqu'à un certain point. Parce qu'à ça s'ajoutent les silences, les répliques agacées, la montée de la frustration, de ta part comme de la mienne. Et après, je commence à me demander ce que j'ai fait et–

— C'est moi, c'est entièrement ma faute, j'objecte.

Adrien m'ignore, continue d'expliquer sa perception des choses maintenant qu'il y est autorisé.

— Je ne sais pas ce que j'ai fait, mais seul je ne peux pas le régler, tu le comprends ?

J'acquiesce, comprends que ce qu'il souhaite c'est un signe que je l'écoute et non que je l'interrompe sur sa lancée.

— J'ai besoin que tu me dises les choses. J'ai besoin que tu sois là pour moi, et que tu me laisses être aussi là pour toi. Si vraiment tu veux être seul, dis-le-moi et je te laisserai ton espace, mais reviens-moi. C'est tout ce que je te demande.

Je hoche la tête à nouveau. Lorsqu'il laisse s'échapper son souffle sans rien ajouter, je me permets d'intervenir.

— J'ai besoin que tu oses m'interpeller à ce propos, je demande. J'ai besoin que tu sois prêt à me rappeler ma promesse.

— D'accord, accepte-t-il. Ça va dans les deux sens.

— Merci.

Le mot s'échappe de mes lèvres sans que j'en connaisse la raison, mais il semble approprié. Du moins, il participe à ôter un poids de ma poitrine.

Je saisis sa main, ferme les yeux sous la sensation puis les rouvre sur nos peaux en contact.

Mon cœur cesse de battre un instant.

Son annulaire est nu. Seule sa bague de fiançailles, souvenir de jours meilleurs, y demeure.

— J'étais énervé et un peu saoul hier soir, explique Adrien, penaud. Elle est quelque part sur le tapis. Je suis désolé…

— Non, ne le sois pas, c'est ma faute, je bredouille.

Mes yeux fous parcourent déjà les poils foncés à la recherche de son alliance. Mon corps tremble.

Et si elle était perdue à jamais ?

Finalement, je baisse la tête en direction du sapin et l'éclat de la bague me fait bondir dans sa direction. Mes doigts la saisissent cependant avec délicatesse tandis que je catalogue chaque éraflure qui marque les années passées ensemble.

Comme nous, elle continue de briller malgré ses imperfections.

— J'espère bientôt être digne de te la remettre, je souffle.

Les larmes coulent sur les joues râpeuses d'Adrien, font ressortir ses taches de rousseur comme la clarté de ses iris.

— Tu l'es, Mathias, croasse-t-il. Tu l'es. Je t'aime tellement.

Il se lève et me rejoint d'un pas pressant, comme s'il avait peur que je parte, lui tourne le dos.

— Remets-la-moi.

Son ton est ferme, tout comme son regard dans le mien.

Mes doigts tremblent lorsque je saisis la main offerte. La pression qui encercle ma trachée est bien plus importante que lors de notre mariage.

J'amène l'alliance à son annulaire, puis me laisse voguer dans les lagunes de ses yeux.

— La première fois, je n'ai pas tenu ma promesse de t'aimer quoi qu'il arrive. Pas dans le pire, ni même dans le meilleur. Alors cette fois, je te promets de faire de mon mieux, de prendre confiance en moi et de te montrer chaque jour que mon amour ne faiblit pas en dépit des épreuves. Je te promets de t'écouter, de m'efforcer de faire mieux chaque jour, et de trouver un nouvel équilibre, ensemble. Enfin, je…

Je m'étrangle, pris par les sanglots qui envahissent ma gorge, par la peine que mes mots semblent drainer d'Adrien.

— Je suis désolé. C'est tous les mots que j'ai.

Sa main libre se pose sur ma joue, son pouce balaie la tristesse qui s'y accroche.

— J'ai toujours su. J'ai pu douter, mais au fond j'ai toujours eu foi en toi. Je ne suis pas tombé amoureux de quelqu'un qui lâche facilement. Je savais que tu reviendrais à moi, mon amour.

Cette poignée de centimètres entre nous me paraît soudain trop importante. Mes bras passent dans son dos et je l'attire contre moi.

— Je suis désolé, murmure-t-il au creux de mon cou.

— C'est moi qui le suis. Je te promets de faire mieux à partir de maintenant. Je vais démissionner… Enfin, je ne peux pas, mais vendre l'entreprise à quelqu'un de confiance…

— Non, pas besoin ! m'interrompt Adrien. Juste de petits changements peuvent faire beaucoup, toute la différence même. Je ne veux pas que tu changes. Tu es bien comme tu es, tu es toi et je t'aime comme ça.

— Dans ce cas, je vais continuer à travailler, mais toi démissionne. Comme ça, tu peux rester à la maison à écrire tes livres.

— Mathias, respire. Tu recommences.

— Je…

— Et si on allait prendre l'air ? propose-t-il soudain. L'ambiance est bien trop lourde ici, et je pense qu'un tour à deux nous ferait du bien.

Je prends le temps d'une longue inspiration pour assimiler que ça y est, nous y sommes dans notre seconde chance.

— Ramasser des pommes de pin ?

Sa surprise se transforme vite en joie, tellement que mon cœur bondit dans ma poitrine.

— Si tu veux oui, ça peut être notre nouvelle tradition.

Adrien va pour se retourner, et soudain je me rappelle.

Je dois gagner du temps.

Ma main agrippe la sienne, le maintient près de moi.

— Attends, j'ai quelque chose à te montrer.

Je saisis mon portable dans ma poche et envoie rapidement un message.

— Qu'est-ce que… ? Ne me dis pas que tu vas travailler aujourd'hui.

La fin de sa phrase ressemble davantage à une question. Sa voix menace de céder.

— Non, non. Je devais juste… Regarde plutôt.

Mes doigts s'attèlent à défaire les boutons de ma chemise.

— Je pense que tu m'as déjà suffisamment dévoilé ton cœur aujourd'hui, pas besoin de le faire au sens littéral.

— Si, tu le mérites.

L'interrogation sur ses traits se transforme en choc lorsque je révèle mon vrai cadeau pour lui. Au même endroit où il porte le sien, juste sous mon pectoral, est dépeint un A avec en son centre trois cloches. J'ai hésité, mais je n'avais pas beaucoup de temps pour me décider.

Nous avons en quelque sorte deux anniversaires, lui et moi : la Saint-Valentin, et Noël avec l'officialisation de notre relation qui s'ajoute désormais à la renaissance de celle-ci. D'où l'hommage, de même qu'un clin d'œil aux trois esprits qui m'ont permis d'ôter mes œillères, et surtout, d'oser ouvrir les yeux.

L'embarras se fait sentir, se propage lentement à travers tout mon corps.

Fait est que jamais je n'aurais cru me faire un jour tatouer. Ça fait mal, mais j'ai enduré pour lui. La douleur physique ne peut supplanter l'émotionnelle qu'il a dû ressentir. Par ma faute.

Ça m'a semblé être une bonne idée sur le moment.

Le regard ahuri d'Adrien confirme cependant mes craintes. L'éclat de rire bref qui s'ensuit les approfondit. Mes joues sont en feu, mes doigts crispés sur les pans de ma chemise. Tout ce qu'il aura fallu pour le faire rire à nouveau c'est que je me ridiculise devant lui.

— Le rire est nerveux, parce que c'est la dernière chose à laquelle je m'attendais de ta part, défend-il.

— Tu peux l'avouer, je suis ridicule, hein ?

Il lève un sourcil provocateur.

— Tu es fou amoureux, c'est différent.

— Différent ou une excuse ?

Nos rires ravivent un peu plus la pièce baignée par le soleil levant qui fait ricochet sur les ampoules colorées.

— Mais c'est vrai : je suis fou amoureux. Heureux que tu en sois conscient.

Adrien lève les yeux au ciel, mais ses joues rosies me confirment que mes mots lui font plaisir.

— On dit qu'il ne faut pas se faire tatouer quelque chose en lien avec un partenaire, souffle-t-il après un moment.

— Je ne l'ai pas fait pour rien, si ?

Adrien secoue la tête, amène un doigt au dessin pour retracer ses contours.

— Tu n'avais pas besoin de faire tout ça.

— Je sais, un simple « je t'aime » t'aurait suffi, je réitère. Mais tu mérites tellement plus que ça.

Adrien se fige. Aucun doute que tout à l'heure son attention était focalisée sur autre chose que ma référence. Or là, son regard cherche le mien, ses lèvres remuent dans le vide.

— Je l'ai lu, ton roman, je confie. J'y ai passé la nuit. Je n'ai pas pu décrocher. Je… Tu sais que je ne lis pas vraiment de fiction, donc je ne sais pas de quoi je parle, mais j'ai adoré. Les premiers mots m'ont happé et les suivants m'ont maintenu la tête sous l'eau. Je crois en toi, Adrien. Si tu me l'avais dit, je t'aurais encouragé depuis le début.

C'était beau et profond. Je me suis surpris à être ému lors de plusieurs passages avant même d'en arriver à la fin alors que la lecture n'est pas ma tasse de thé. J'ai du mal à me poser et ouvrir un livre car l'impression de ternir ma productivité est omniprésente. Pourtant, dans un autre registre, je désire tout autant que lui rejouer l'une de ces soirées passées à regarder un film ensemble. C'était différent. C'était du temps passé à discuter et à se caresser. Ces moments permettaient de fomenter l'intimité entre nous, ce qui nous a tellement manqué dernièrement.

— J'en avais besoin, je pense, avoue-t-il. Ça m'a permis d'extérioriser, de sortir des questionnements dans ma tête.

Je comprends. C'était son espace hors de moi, le lieu pour exorciser la situation.

— Les centaines de livres dans la bibliothèque du salon m'avaient bien fait comprendre que tu aimais lire, mais je n'avais aucune idée que tu aimais écrire.

Adrien secoue la tête, son ton se fait moqueur.

— Tu as vu au moins le tableau au-dessus de mon bureau dans la chambre ? Ce qui est écrit dessus ? C'est plutôt clair, il me semble : actes un, deux et trois, les numéros des scènes avec des Post-its de couleur. Impossible à rater.

— Je… je croyais que c'étaient des trucs de boulot, j'admets sans fierté aucune.

— Moi je prête attention à tes « trucs de boulot » comme tu dis.

Je mords ma lèvre, me fiche d'être l'objet de son sourire tant que la joie demeure sur son visage.

— Tu vas me le faire payer longtemps, pas vrai ?

— Non, on ne compte pas les points, affirme-t-il avec sérieux.

Nous observons tous deux nos alliances se refléter l'une dans l'autre.

— Tu vas écrire un deuxième tome avec leur fin heureuse, n'est-ce pas ?

— Tous les couples, même ceux qui ont une belle histoire, ne sont pas destinés à une fin heureuse. Mais on verra.

Touché.

Avec l'exemple de mes parents, je m'étais dit qu'un couple qui se dispute, ce n'est pas ça le vrai amour. J'en avais une version faussement idéalisée, que si ce n'était pas parfait alors la relation était condamnée. J'ai fermé les yeux aux problèmes de la nôtre par peur que ce soit inévitablement synonyme de fin, car nous étions condamnés à souffrir si nous restions ensemble parce que l'autre option était une dispute qui résulterait en haine l'un envers l'autre. C'est ainsi que se sont finies mes précédentes relations : une dispute et terminé. Jamais je n'ai lutté pour en maintenir une à flot. Je n'y ai jamais pensé, à vrai dire, ni eu envie de le faire. Pour moi, chacune avait une date de péremption à partir du moment où une tension, même minime, se faisait ressentir. Le moindre problème me semblait insoluble et je craignais les disputes à l'infini desquelles j'ai été témoin enfant.

En fin de compte, c'est justement parce que j'ai gardé le regard détourné trop longtemps que notre mariage a failli prendre fin. Mon refus de voir, de faire face, a fait que la situation s'est dégradée à ce point. Et finalement, c'est en tentant d'éviter de devenir comme mes parents que j'ai fini par reproduire leur erreur. C'est en ignorant encore et encore jusqu'à ce que ça explose et que ce ne soit plus vivable et que la seule solution apparente soit la fin.

J'ai enfin compris mes peurs, et suis prêt à les affronter à nouveau à l'avenir. J'ai compris que fuir ne fait qu'envenimer la situation, que je risquais de perdre ma famille non pas à cause d'elles, mais bien de ma façon d'y faire face.

Le courage c'est avoir peur mais y aller quand même, parce qu'on sait que la vraie récompense se trouve par-delà celles-ci.

Trois coups à la porte me sortent de mes pensées.

— Je te promets de réparer la sonnette ce week-end.

Ses mots parviennent à m'arracher un rire malgré l'angoisse revenue.

— Je t'aiderai, j'offre tout en me levant.

Ses yeux s'arrondissent, son sourire s'approfondit.

— Attends là, j'enjoins.

Ses mèches dansent lorsqu'il acquiesce.

J'espère ne pas en faire trop.

J'ouvre pour tomber nez à nez avec Ava, emmitouflée dans une doudoune qui la fait paraître le triple de sa largeur, et un chiot dans les bras. Une clochette adorable qui risque de nous vriller les tympans à force de chanter pend au cou de celui-ci. Ses grands yeux vairons bleu et marron semblent s'illuminer lorsqu'il m'aperçoit.

— Tu as de la chance qu'Adrien t'aime autant, ou je me serais assurée que cette mascarade prenne fin à la Saint-Valentin. Si vous vous séparez, je garde le chien, je te préviens.

— Je suis désolé, Ava. Promis je m'expliquerai auprès de toi, mais là, le temps presse.

Avec un clin d'œil en direction d'un Adrien stupéfait, elle me tend le chiot puis fait volte-face en direction de son tout-terrain.

Lorsque je ferme la porte, Adrien se tient debout à quelques mètres de moi.

— C'est qui ce bonhomme ?

Son ton surpris laisse entendre une pointe d'émerveillement qui me permet d'exprimer le mien.

— C'est mon dernier cadeau pour toi, pour nous, en fait. Du moins pour ce Noël.

— Mathias, tu…

— Ceux sous le sapin tu peux les donner si tu le souhaites, mais celui-ci est spécial.

J'attends qu'il reporte son regard sur moi, mais celui-ci reste fixé sur la boule de poils qui halète dans mes bras.

— Je ne suis pas encore prêt pour avoir un enfant, et je pense que nous, que notre couple, ne l'est pas non plus.

Adrien hoche frénétiquement la tête. Les coins de ses yeux brillent d'humidité lorsqu'ils plongent dans les miens.

— Un jour nous le serons, j'assure. En attendant, je veux encore travailler sur moi et profiter un peu de toi, de nous. Mais ce bébé, c'est un entraînement.

Un éclat de rire et un sourire lumineux récompensent mes mots, comme je l'espérais.

— C'est pour que je m'en occupe pendant que tu travailles ? bougonne-t-il gentiment.

— Non. Ce bonhomme est une promesse – plus : un engagement. À être davantage présent, notamment. À faire les choses ensemble. Aussi, un rappel de plus de ce Noël particulier.

— C'est un oui.

Cette fois, nous rions ensemble. Un aboiement résonne entre nous avant que le chiot ne lèche joyeusement mon visage. Pour tout reproche, Adrien caresse ses poils longs. Traître.

Je les observe longuement, prends le temps d'apprécier ce nouveau départ.

C'est finalement lorsque les barrières sont à terre par la perte d'espoir que nous sommes les plus vrais. C'est à ce moment-là qu'il ne faut pas faiblir et abandonner, car l'honnêteté gagnera toujours.

Je serai éternellement reconnaissant à l'Univers de m'avoir permis de vivre cette expérience. La communication est la clé et je l'ai compris grâce à elle. C'est une réelle chance. Ce n'était pas gagné, car l'honnêteté, savoir s'arrêter et reconnaître ce besoin de discuter en toute sincérité, ce n'est pas évident. Et je referai des erreurs. Quand ça deviendra difficile, mon réflexe sera toujours de me cacher sous le boulot pour avoir l'impression de faire quelque chose de bien. Mais j'ai confiance en lui désormais pour oser m'en parler, même s'il doit m'attacher à une chaise pour me faire l'écouter. Et j'ai foi en moi pour ce faire.

Au pire, Ava sera toujours là pour nous tirer les oreilles.

Adrien s'écarte, sa main glisse de ma hanche. Sa tête penche de côté.

— Mais comment es-tu au courant pour tout ça ? questionne-t-il soudain. Le livre, la question des enfants…

— Je te le dirai plus tard, promis, j'élude. Maintenant… Et si nous y allions ? Une promenade pour apprendre à connaître notre bonhomme et ramasser des pommes de pin, puis une visite à ta grand-mère ?

Les larmes auparavant en équilibre précaire sur ses paupières tombent pour de bon. Or, je suis incapable de m'en vouloir d'aborder le sujet.

J'ai compris qu'il avait du mal à y aller seul mais n'osait pas me demander de l'accompagner, alors que ma place est à ses côtés, dans les instants de joie comme dans les moments les plus difficiles.

Ses doigts tremblants sèchent ses joues.

— Comment tu sais ?

— Elle est importante pour toi, et donc importante pour moi, je réponds simplement.

Sa grand-mère nous a toujours soutenus. Elle a été la voix maternelle encourageante lorsqu'Adrien en a eu besoin à nos débuts et même bien avant. Lorsqu'il se cherchait et qu'Ava était au cœur du sujet, lorsqu'il a remis en question sa valeur et qu'elle lui a donné le courage d'affronter sa mère.

Je sais aussi que s'il pouvait renouer avec cette dernière il le ferait, et que c'est pour ça qu'il a accepté de garder contact avec la mienne.

Ce sera un sujet à aborder une autre fois. Il s'agit de la dernière personne à qui j'ai envie de penser en cet instant.

Je libère une main de sous notre chiot et essuie une trace oubliée sur sa joue râpeuse puis la prends en coupe. Les paupières closes, il la laisse reposer sur ma paume un instant avant de prendre une longue inspiration et lever les yeux vers moi.

— Allons faire une visite à ton père avant, lui amener une couronne de gui, suggère-t-il. Je pense que ça lui ferait plaisir.

C'est à mon tour d'avoir le souffle coupé.

Je hoche la tête, fais signe vers la porte et nos manteaux. Adrien n'hésite pas à me prendre le chiot des bras pour me laisser enfiler le mien.

Une fois prêts, il se tourne vers la porte d'entrée.

— Attends, je hèle une dernière fois.

Adrien fait volte-face, une main sur la poignée, l'autre autour du bonhomme qui n'a pas encore de nom.

Je m'approche, un sourire carnassier sur le visage nourri par une légèreté que je n'avais pas ressentie depuis longtemps.

— Qu'est-ce que…

Sans le laisser terminer sa question, je pointe le plafond du doigt. Sourcils froncés, ses yeux cheminent dans la direction indiquée. Ses lèvres s'écartent, leurs commissures tressautent.

— Tu as eu le temps d'accrocher ça ? bougonne-t-il gentiment.

— J'ai eu toute la nuit.

Ou presque.

— Qu'est-ce que tu en dis ? je demande. Une nouvelle tradition ?

Celle de s'embrasser chaque fois avant de quitter la maison et que nous avons perdue avec les années.

Adrien comprend, se mord la lèvre mais ne parvient à retenir son sourire. Je fais les honneurs pour lui et dissimule celui-ci sous ma bouche. Un son surpris lui échappe, mais il est le premier à jeter un bras autour de moi pour m'attirer contre lui et le nouveau membre de notre famille, à ma place.

La chaleur de notre amour comble le fossé dans ma poitrine. Il est toujours là, mais colmaté. Rien n'est gagné pour toujours, je sais que je devrai faire attention à lui, à où nous en sommes, mais aussi à ce que je ressens. Or, j'ai désormais confiance en moi, et en nous, pour le faire.

Adrien ouvre la porte puis me tend la main. Le sourire sur son visage ne tremble pas : il sait que je la saisirai.

C'est ainsi que je souhaite que notre chemin se poursuive. Jusqu'à la fin. Pas la fin de « nous », mais la fin de cette vie, lorsque la mort nous séparera momentanément.

Fin... ?

JUSTICE OF THREE

Trois hommes tiraillés entre devoir et doute doivent faire face à leurs incertitudes et contradictions pour pouvoir prétendre à la paix… et à l'amour.

Parviendront-ils à concilier morale et sentiments ? Une menace obscure finira peut-être par choisir à leur place…

« Je me sens déjà assez coupable du destin d'un petit garçon, je ne compte pas échouer avec un autre. »

Après des mois d'enquête, le capitaine de police Cédric Valentin retrouve enfin Hugo, dans la cave d'un grand chef d'entreprise de la ville.

Mais il n'est pas seul.

« Ce ne sont que quatre nouveaux murs. »

Gabriel Morais a vu son rêve de travailler aux côtés de son mentor tourner au cauchemar. Si Cédric est celui qui l'en a tiré, Gabe devra être celui qui se sauvera… De lui-même, comme de la menace qui le guette et qu'il peine à comprendre.

« Il ne vous fera plus de mal. »

Nélson Mendes a abandonné sa carrière dans l'Armée pour pouvoir élever son frère. Lorsqu'on le lui refuse, il se retrouve à la dérive.

Gabriel est le phare qui le guide dans la tempête.

Une décision, prise le jour où Hugo a été retrouvé, est ce qui l'éloigne du bonheur.

Justice ou vengeance ? Morale ou amour ? Trois hommes liés par un petit garçon et séparés par un choix…

Romance polyamoureuse MMM contemporaine avec une touche de suspens. Il n'est PAS question ici de triangle amoureux.

NO ANGELS - TOME 1

Dans un monde de marionnettistes, ils trouveront refuge dans les bras l'un de l'autre.

Alekseï Nouriev, 21 ans, est second des Rapaces, gang de rue parfaitement intégré dans sa communauté. Jouant un double jeu dangereux pour le compte de son père adoptif capitaine de police, le jeune homme voit sa loyauté tanguer entre la mémoire de sa mère adoptive, celui qui n'a jamais vraiment été son frère, et Mickaël, nouvelle complication dans cette équation dangereuse.

Mickaël Duran, 19 ans, sort tout juste de prison. Son passé est une ombre protégée par un voile de plus en plus déchiré à mesure que la mission d'Alekseï le remet en question. Alek est l'étoile dans le brouillard de son esprit. Pour lui, il est prêt à trahir la seule personne qui ait cru en lui lorsqu'il n'était qu'un adolescent perdu, vagabond de l'existence.

Entre secrets, mensonges, et non-dits, les deux jeunes hommes tentent de survivre dans un milieu où les apparences n'ont d'égal que les lames brillantes de la trahison.

Seul refuge l'un pour l'autre alors que leur monde s'effrite, choisiront-ils de s'accrocher au risque de se perdre, ou se transformeront-ils en monstres pour terrasser les leurs ?

Vous avez aimé *L'ESPRIT DE L'AMOUR* ?
Inscrivez-vous à ma *newsletter* pour être tenu·e au courant
d'une éventuelle suite !

En prime, vous recevrez DEUX BONUS avec les personnages
de *JUSTICE OF THREE* !

Cela vous permettra aussi de garder contact avec moi et être tenu·e
au courant des prochaines sorties avant tout le monde, de
l'avancement de mes projets, participer à des concours, ainsi que
recevoir du contenu exclusif !

BONUS 1 : Nos tourtereaux partent en vacances bien méritées avec
Hugo au Portugal…

BONUS 2 : Dans un UNIVERS ALTERNATIF, Cédric est barista
et Gabriel et Nélson deux étudiants universitaires et clients du café
où il travaille. Cédric a un œil digne d'un enquêteur et voit des
marques sur les poignets de Gabe… Que se passe-t-il ? Abonnez-
vous pour savoir !

Lien vers mon site Internet où vous pouvez vous inscrire :

https://www.anaromeoauteur.com/newsletter/

REMERCIEMENTS

Merci tout d'abord à Tayuu et mon petit flocon pour leurs bêta-lectures emplies de bienveillance. J'espère que vous mesurez à quel point je vous suis reconnaissante d'être toujours là pour moi.

Merci également à celleux qui me suivent dans chacun de mes projets et attendent les sorties avec impatience. Merci de votre soutien sans faille : je vous dois tout. Sachez que j'apprécie chacun.e d'entre vous.

Et enfin, merci à toi, cher lecteur. J'espère que tu as apprécié l'histoire de ce couple qui, comme tant d'autres, préfère fuir ses peurs plutôt que de miser sur l'honnêteté. Si tu as aimé cette *novella*, et même si ce n'est pas le cas, je te serais reconnaissante si tu pouvais prendre quelques minutes pour partager ton avis honnête sur Amazon et/ou d'autres sites et réseaux. Cela aide énormément les auteurs, surtout autoédités. N'hésite pas à me taguer sur les réseaux sociaux !

Au plaisir de te retrouver.

Ana Romeo

À PROPOS DE L'AUTEURE

Originaire d'un petit village portugais, Ana a grandi en s'imaginant héroïne des histoires que ses parents lui racontaient – d'ailleurs, ceux-ci s'endormaient toujours avant elle…

Bien des années plus tard, au début du lycée, un ami l'initia au M/M. Ce fut la révélation qu'il lui fallait pour enfin passer elle-même à l'action et laisser libre cours aux personnages (torturés… *hum hum*) et intrigues qui ne demandaient qu'une chance de se faire entendre.

Après l'obtention d'une maîtrise en Psychologie légale, elle décide de tenter la sienne et se lance à cœur perdu dans l'écriture et l'autoédition de ses romans.

RETROUVEZ-MOI ICI

<u>Site Internet</u> : https://www.anaromeoauteur.com/

<u>Instagram</u> : @anaromeoauteur

<u>Page Facebook</u> : @anaromeoauteur

<u>Adresse mail</u> : anaromeo.auteur@gmail.com

www.ingramcontent.com/pod-product-compliance
Lightning Source LLC
LaVergne TN
LVHW041039170726
843494LV00004B/167